파스쿠알 두아르테 가족

La familia de Pascual Duarte

세계문학전집 224

파스쿠알 두아르테 가족

La familia de Pascual Duarte

카밀로 호세 셀라

정동섭 옮김

민음사

차례

몸을 씻은 파스쿠알 두아르테

파스쿠알 두아르테는 오랫동안 옷을 갈아입지 않아 더러웠으며, 또한 거의 알려지지도 않았습니다. 아주 깨끗한, 사람들이 말하는 그런 의미로 아주 깨끗했던 적은 한 번도 없었겠지만, 그것도 맞는 말이지만, 최근처럼 이렇게 많이 더러운 상태가 그의 본모습인 것도 아닙니다. 여러 번 출판되는 책은 결국에는 몸을 더럽히기 마련이어서 본모습으로 돌아가기 위해서는 얼굴을 자주 씻어 줘야 합니다. 그렇게 하는 것은 술수를 쓰는 것이지만 꼭 필요한 술수이기도 하지요. 비록 부도덕한 야수의 마수에 빠지지 않으려면 아주 조심스럽게 사용해야 하는 술수이지만 말입니다. 하지만 그런 것을 완전히 피하거나 무시하는 것도 바람직한 태도는 아니지요. 오렌세 시(市)에 돈 로무알도 바케리사 두케라는 사람이 살았는데, 그는 화장실 비데를 고색창연한 스페인 문명사에 있었던 비밀결사의 상징처럼 경원시했습니다. 사람들은 고색창연이라는 말의 뜻을 몰라 그가 그렇게 말하도록 내버려 뒀지요. 겉으로 보기에 아무런 이상이 없던 돈 로무알도는 항문의 가래톳으로 죽었는데, 의학 상식에 의하면 그건 비누칠만으로도 떼어 낼 수 있었을 거라고 하더군요. 나는 물을 무서워해서 죽었던 돈 로무알도처럼 파스쿠알 두아르테에 대한 기억이 —— 불쌍한 파스쿠알 두아르테는 교수형을 당했습니다! —— 죽어 가는 것이 반갑지 않습니다.

우리 작가들은 보통 초판 교정쇄를 수정하곤 하지만, 때로는 그나마도 하지 않는 경우도 있습니다. 다음 판부터는 편집자에게 맡기는데, 편집자들은 품위 있고 재미있는 놀이인 당구에 빠져서 일을 인쇄업자에게 넘기고, 인쇄업자는 식자공을 믿어 버리고, 식자공은 정신없이 바빠서 누구에게나 하나쯤 있을 가난한 사촌에게 도움을 청하고, 그 사촌은 한량이라서 이웃 사람에게 맡기지요. 그래서 결국 책이 나온 걸 보면 그 아비조차도 알아보지 못할 정도입니다. 여기서 아비란 작가를 말하지요. 책들은 흔히 이렇게 묵묵히 도와주는 무료 봉사 덕분에 좋아지기도 합니다만, 우리 작가들은 그런 책들을 인정하기가 힘들기 때문에, 혹 자만심 때문일지는 몰라도, 죽이 되든 밥이 되든 우리들이 쓴 것을 선호하지요.

종종 나는 글을 쓰는 것은 발췌해서 정리하는 것 이상이 아니라고, 또 책들은 때로는 외롭게, 스스로 쓰이는 것이라고 생각합니다. 그러니까 실제로 책이 쓰이기 전부터 마침표가 찍힌 후까지를 포함해서 그렇다는 거지요. 지각(知覺)으로부터 수확된 것이 구멍 수천 개가 뚫린 뇌라는 체에 걸러지고 숙성되어, 때가 됐다고 느끼면 종이에 옮겨져 책이 탄생하는 것입니다. 사실, 책은 탄생 후 계속 성장하며 — 조화롭게 혹은 난잡하게 — 발전하지요. 저자의 머릿속에서, 독자들의 감정이나 상상 속에서, 그리고 물론, 이후에 나오는 판의 페이지 속에서 말입니다. 사실 이러한 성장이 모두 본질적으로 같지는 않습니다만 이 모든 과정은 책을 성장하게 하지요. 아이는 암세포와는 전혀 다르게 자라지만, 암세포도 역시 자란다는 — 이것이 좋지 않은 점이지요. — 겁니다.

나는 이번 파스쿠알 두아르테에 있어서는 다른 이들이 잘라 버린 부분을 살리고, 필요 없는 부분은 잘라 버리기 위해 외과 의사의 도움을 받아야만 했습니다. 운이 좋아 비누칠만 한 번 잘하면 됐더랬죠. 비록 십수 년이 지나 이 작품을 다시 읽어 보는 지금은 아주 신중하고 조심스럽게 손을 좀 볼까 하는 유혹도 느끼지만, 이것저것 휘젓지 않고 그냥 원래대로 내버려 두기로 했습니다. 휘젓지 맙시다. 작품은 처녀 아이 같아서 손대면 신세를 망칠지도 모른다는 말을 들은 적이 있습니다. 파스쿠알 두아르테의 고향인 엑스트레마두라 조금 위쪽에 있는 살라망카 지방의 어느 시골에서였지요. 게다가 내 머리도 20년 전의 그 머리가 아니고 이 책도 그 당시 머리에서 나온 것이지 지금 머리에서 나온 것은 아니니까요. 세월을 존중해 주자고요.

몽테뉴는 질서를 슬프고 어두운 미덕이라고 불렀습니다. 아마도 그는 질서를 그 가면, 그 단순한 겉모양과 혼동했던 것 같습니다. 이러한 태도는 질서를 리듬이 아니라 고정된 것이라고 부르는 이들, 규율이 몸에 밴 사람들 사이에서 흔히 볼 수 있지요. 이런 사람들은 분별력이 없기 때문에 엉뚱한 결과를 내곤 하니까요. 내 생각에 질서란 뭔가 즐겁고, 생동감 있으며 찬란한 것입니다. 슬프고 생동감 없고 을씨년스러운 것은 보통, 사실은 공허할 뿐인데, 위선적으로 강조되어 질서로 간주된 것이지요. 창공은 아름답고도 경이로운 질서입니다. 반면 공공질서는 대개 질서의 깨끗한 색으로 속이려 하는, 침묵하는 혼돈일 뿐이지요. 결국엔 아무도 그걸 믿지 않는 것이 분명하지만 말입니다.

그러나 나는 글을 쓰는 것과 질서를 부여하는 것이 때로는 같고 때로는 반대라고 생각하여, 위대한 사기꾼인 낭만파 시인들과 혼돈을 맹종했던 낭만주의 비평가들이 주장해 온, 영감을 신뢰하기에 이르렀지요. 형용사적인 것을 늘 생각하지는 않되, 그 반대로 명사적이며 영구적인 것에 좀 변화를 주는 것이 현명한 처사인지는 모르겠으나 유익하다는 걸 알게 되었습니다. 질서의 범위에 영감이 포함되기에 이르는 것도 내가 볼 때 이상하지 않기에 하는 말입니다.

내 소설 『파스쿠알 두아르테 가족』은 이미 많은 수정 작업을 거쳤지만 더 이상 건드리지 않으려 합니다. 이 작품의 원본 텍스트는 이 판에 정착했고(아마 '정해졌고'라고 말하는 것이 덜 현학적인 표현이겠지만) 앞으로 필요할 때 나 역시 이 판을 참조할 것입니다. 기존 번역본들은 있는 그대로 존중될 것이지만, 미래 번역가들은 이번 텍스트에 따라 준다면 고맙겠습니다. 상식적인 일입니다만, 기존 번역본들에 대해 나는 거의 언제나 좋다고 생각했는데, 왜냐하면 그것을 검토하고 평가하기에 필요한 지식이 내게 없었기 때문이지요. 라코루냐* 지방에 있을 때 나는 카스텔로라는 시경 경찰을 알게 되었고 그를 매우 존경했습니다. 그는 옷소매에 일곱 국가 국기를 수놓고 다녔는데, 모두 그가 구사할 수 있는 외국어를 쓰는 나라의 국기들이었지요. 내 경우는 다르고 또 내가 시경 경찰 또는 적어도 라 코루냐의 경찰이 될 수 없다는 사실을 알기에 ─ 아니면 하엔이나 카세레스 지방에서는 자격 조건이나 요구되는 학식이 덜 까다로울지도 모르겠습니다. ─ 스페인어로 쓰인 글에 대한 내 의무만 다할 것입니다.

결론적으로 파스쿠알 두아르테는 깨끗합니다. 중요한 것은 이것이지요. 그리고 그는 이제 다시 죽을 준비가 돼 있습니다. 조금씩 조금씩 말입니다.

1960년 8월 23일, 팔마데마요르카에서

---

* 스페인 북부 지방으로 셀라의 고향.

파스쿠알 두아르테 가족

이 책을 내 원수들에게 바친다.
내 이력에 크나큰 도움을 주었으므로.

옮겨 쓴 이의 메모

파스쿠알 두아르테의 회고록을 인쇄소에 넘겨야 할 때가 온 것 같다. 더 일찍 출판했더라면 아마도 어느 정도는 경솔한 행위가 되었을 것이다. 나는 이 책을 서둘러 내고 싶지 않았는데, 왜냐하면 육필 원고의 오자를 바로잡는 것을 포함해서 모든 것에는 그 적당한 시기가 있기 때문이다. 또 계획한 일을, 흔히 말하듯 번갯불에 콩 구워 먹듯 해치우는 식으로 해선 결코 좋은 결과를 얻지 못하기 때문이기도 하다. 그렇다고 해서 내 입장에서는 이 일을 더 미룰 수도 없는데, 일단 한 번 마무리된 일은 세상에 드러나야 하기 때문이다.

이제부터 내가 옮겨 쓰는 글은 1939년 중반에 알멘드랄레호의 어느 약국에서 발견된 것이다. 누가 그 원고를 그곳에 가져다 놓았는지는 하느님만이 아시겠지만, 나는 그때부터 그 원고를 독해하고 정리하는 일로 시간을 보내 왔다. 그 원고의 글씨가 악필이기도 하고 또 발견 당시 쪽 번호도 기입되지 않고 잘 정리되지 않은 상태여서 거의 읽을 수 없는 지경이었기 때문이다.

지금부터 호기심 많은 독자에게 소개할 이 작품은 내가 쓴 것이 아니라 단지 필사만 한 것임을 처음부터 분명히 해 두고자 한다. 나는 획 하나도 고치거나 첨가하지 않았는데, 문체를 포함해 원본의 모든 것을 존중하고 싶었기 때문이다. 단지 지나치게 잔인한 몇몇 장면에서는 가위를 사용하여 단호한 조치를 취했다. 이러한 조치는 분명 독자들에게서 몇몇 세부 사항에 대해 알 권

리를 빼앗는 것이지만──모르는 게 약이기도 하다.──반면 역겨
움 같은 것을 느끼지 않게 해 준다는 장점도 있다. 다시 말하지
만, 이런 역겨운 부분은 손질을 하기보다는 잘라 없애 버리는 것
이 더 낫다고 생각했다.

　내가 볼 때 작중 인물의 행실은 본보기가 되는데, 아마 이것
이 내가 그를 세상에 드러내는 유일한 이유일 것이다. 그러나 그
는 모방해야 할 인물이 아니라 반면교사로서 본보기가 되는 인
물이다. 그는 의심할 여지가 없는 본보기이자, 사람들이 그를 두
고 "그가 한 짓을 알겠지? 그는 해서는 안 되는 일을 했다니까."
라고 말하는 본보기인 것이다.

　그러나 이제 파스쿠알 두아르테가 말하도록 기회를 주자. 그
는 우리에게 재미있는 이야기를 해 줄 장본인이니 말이다.

원고 발송을 알리는 편지

메리다에 사는 돈 호아킨 바레라 로페스 귀하.
친애하는 선생님께

이 기나긴 이야기를 마찬가지로 쓸데없이 긴 편지와 함께 보내는 것을 용서해 주십시오. 하지만 돈 헤수스 곤살레스 델 라 리바(그분께서 분명히 나를 용서해 주셨듯이 하느님께서도 그분의 죄를 사해 주셨기를 바랍니다.)의 친구분들 중 선생님만이 내가 주소를 기억하는 유일한 분이기에, 나 자신이 썼다는 생각만으로도 몸서리가 쳐지는 이 글에서 자유로워지기 위해 선생님께 이것을 보내려는 것입니다. 또 요즘 하느님께서는 내게 많은 것을 주려고 하시는데, 한순간 슬픔에 빠져 이 글을 내던져 버리는 걸 막고, 그렇게 함으로써 내가 너무 늦게 알게 된 것을 다른 이들이 배우는 것을 방해하지 않기 위해서지요.

설명을 좀 해야겠군요. 불행하게도 내 기억이 범상치 않은 저주받은 일들로 가득 차 있다는 것을 숨길 수 없고, 또 적잖은 속죄가 될 이런 공개적인 고백을 통해 할 수 있는 만큼 양심의 부담을 덜고 싶기에, 내 삶에 대해 기억나는 것을 이야기하기로 작정한 것입니다. 내 기억력은 늘 신통치 않았습니다. 그리고 재미있었던 일들을 포함해서 많은 것을 잊어버렸을 수도 있다는 걸 알지만, 그런데도 머릿속에서 지워 버리고 싶지 않았던 부분, 종이 위에 손이 가는 대로 썼던 그 부분을 주제넘게 이야기했습니다. 이야기하려고 마음만 먹어도 너무도 심하게 구역질이 일어, 차라리 말하지 말고 조용히 잊어버리고 싶은 부분들도 있었습니다. 회고록을 쓰기 시작하면서 나는 내 삶에, 내가 어떤 방식으로든 이야기할 — 하느님께서 내 죽음을 앞당겨 주시기를 바랍니다. — 것이 있다는 것을 알게 되었지요. 이 일로 나는 많은 생각을 했는데, 어디에 마침표를 찍어야 할지 몰랐을 때는 몇 번이나 죽을 결심을 했다고 얼마 남지 않은 제 인생을 걸고 선생님께 맹세할 수 있습니다. 최선의 방법은 시작은 하되 하느님이 그 손으로 내게 결말을 주실 때까지 내버려 두는 것이라고 생각했지요. 그래서 그렇게 했습니다. 벌써 나는 내 잡소리들로 채워 넣은 수백 장의 원고들이 지루하게 느껴져 집필을 완전히 그만두었고, 이후의 내 삶은 선생님의 상상력에 맡기기로 했습니다. 이후의 내 삶을 재구성하는 건 그다지 어렵지 않을 겁니다. 그리 많이 남지 않았을 것이 뻔한 데다 이 네 벽에 둘러싸여서는 대단히 새로운 일들이 일어나지는 않을 것이기 때문입니다.

선생님께 보내는 이 글을 쓰기 시작했을 때는, 내가 이 이야기를 끝낼 수 있을지 없을지를 누군가 이미 알고 있을 거라는 생각, 또는 만일 내가 내게 남은 시간을 잘못 계산했다면 그 누군가는 이야기가 어디서 끊길지 알고 있으리라는 생각에 힘들었습니다. 그리고 내가 했던 행동이 내게 미리부터 예정된 것이었다는 확신에 화가 났었지요. 하지만 내세에 더 가까이 있는 지금은 오히려 체념한 상태입니다. 하느님께서 나를 용서해 주시기를 바랄 뿐이지요.

내가 겪은 모든 것을 다 이야기하고 나니 좀 편해져서인지 양심의 가책을 덜 느낄 때도 있습니다.

방법을 몰라 더 적절하게 말하지 못한 것을 선생님께서는 이해하시리라 믿습니다. 나는 길을 잘못 든 것을 후회합니다만, 이제 이승에서는 용서를 구하지 않을 작정입니다. 그래 봐야 무슨 소용 있겠습니까? 아마도 내게 준비된 벌을 달게 받는 게 더 나을 텐데, 만일 그렇게 하지 않으면 틀림없이 다시 똑같은 잘못을 저지를 것이기 때문이지요. 사면을 구하고 싶지 않습니다. 삶이 내게 가르쳐 준 것은 너무도 악했고 그런 본능에 저항하기에 나는 너무도 연약했기 때문이지요. 하늘의 책에 쓰여 있는 대로 되길 바랄 뿐입니다.

돈 호아킨! 내가 쓴 원고 상자와 함께, 이 편지를 보내는 것에 대한 내 사죄를 받아 주십시오. 귀하께 보내는 이 사과의 간청을, 돈 헤수스께서 그러했듯 받아 주시기를.

파스쿠알 두아르테

1937년 2월 15일, 바다호스 감옥에서

돈 호아킨 바레라 로페스의 자필 유언장 항목 ─ 자손 없이 사망하여 집안일을 돌봐 주던 수녀들에게 재산을 상속함.

4항: 내 책상 서랍 안에 붉은 글씨로 '파스쿠알 두아르테'라고 적힌, 노끈으로 묶인 상자는 미풍양속에 반하고 이를 부패시키는 것이니, 그 내용물인 원고는 읽지 말고 지체 없이 불에 태워 버리기를 명한다. 그러나 만일 그 누구의 더러운 술책도 없이, 하느님의 뜻으로 그 상자가 열여덟 달 동안 내가 원하는 형벌로부터 무사하게 되면, 그것을 발견하는 이에게 명하노니, 불태우지 말고 당신 것으로 하되, 내 뜻에 반하지 않는다면 당신 뜻에 따라 마음대로 하시오.

1937년 5월 11일, 바다호스의 메리다에서 임종할 즈음에

이 글의 저자가 자신을 죽이러 왔을 때
그를 "가엾은 파스쿠알."이라 부르며 미소 지었던
명문가 귀족 토레메히아 백작,
돈 헤수스 곤살레스 델 라 리바를 추모하며.
── 파스쿠알 두아르테

1장

　선생님, 비록 그렇게 될 소지가 없진 않지만, 나는 나쁜 놈은 아니올시다. 우리 모든 인간은 매한가지 가죽을 쓰고 태어나지만, 우리가 성장할 때 운명은 마치 우리를 밀랍 인형 다루듯 주물러 대고 또 여러 오솔길을 통해 죽음이라는 동일한 종말로 향하게 하면서 즐거워하지요. 꽃길로 가도록 운명 지어진 이들이 있는가 하면 엉겅퀴와 선인장 가시밭길에 던져진 자들도 있습니다. 첫 번째 부류야 주위의 차분한 시선을 즐기며 순진한 얼굴로 자신들의 행복의 향기에 미소 짓습니다만, 다른 이들은 광야의 뙤약볕을 견디며 자기 몸을 보호하려는 야생 짐승처럼 눈살을 찌푸리지요. 화장품과 향수로 몸을 가꾸며 사는 것과 나중에 아무도 지울 수 없는 문신을 하고 사는 것은 커다란 차이가 있지요.

　나는 이미 오래전, 대략 쉰다섯 해 전에 바다호스 지방의 어느 촌구석에서 태어났습니다. 그 마을은 알멘드랄레호에서 약

12킬로미터 정도 떨어진 곳으로, 먹을거리 없이 보내야 하는 하루처럼 길고 밋밋한 도로, 어느 사형수에게 남아 있는 날들처럼 길고 밋밋한 — 행복한 운명을 타고난 선생님 같은 분은 그 길고 밋밋함에 대해 상상도 못 하실 겁니다. — 그런 도로 위에 납작 엎드려 있는 마을이었지요.

햇볕이 잘 들고 무더운 그 마을에는 올리브 나무와 꿀꿀이 새끼들(안 될 말이지만)이 많았고 새하얗게 칠한 집들도 있었지요. 그 집들을 떠올리면 아직도 눈이 부실 지경입니다. 또 바닥에 온통 돌이 깔린 광장이 있었는데, 그 광장 한가운데에는 세 군데에서 물줄기가 나오는 아름다운 분수가 있었지요. 이미 오래전 내가 마을을 떠날 때는 물이 나오지 않았지만, 꼭대기가 벌거벗은 사내아이 모습이고, 가장자리는 순례자들이 지니고 다니는 조개처럼 곡선 모양인 그 분수는 우리 모두가 보기에 얼마나 화려하고 멋졌는지요! 광장에는 담뱃갑처럼 네모난 큰 면사무소가 있었는데, 그 한가운데에는 탑이 있고 탑에는 영성체에 쓰이는 빵처럼 새하얀 시계가 있었습니다. 시계는 마치 시각을 가리키기 위해서라기보다 장식으로만 필요하다는 듯이 늘 9시에 멈춰 있었지요. 당연한 일이지만 마을에는 좋은 집과 낡은 집이 있었는데, 언제나 그렇듯 낡은 집들이 더 많았습니다. 이층집도 하나 있었는데 돈 헤수스 소유인 그 집에는 고급 타일과 화분 들로 가득 찬 응접실이 있어 보는 사람을 즐겁게 해 주었습니다. 돈 헤수스는 늘 식물들을 애지중지했는데, 하녀에게 제라늄과 헬리오트로프, 야자나무와 박하 나무를 애정을 가지고 자식처럼 키우라고 명령한 것 같았지요. 왜냐하면 늙은 하녀가 항상 냄비를 들고 돌아다니며 정성스레 화분에 물을 주었기 때문입니다. 그 식물들은 틀림없이 자신들의 싱싱함과 푸름에 대해 감사했을 겁니다. 돈 헤수스의 집도 광장에 있었는데, 돈을 물 쓰듯 하는 그의 재력을 볼 때 그 집에는 좀 이상한 점이 있었습니다. 제가 말했던 모든 장점 과는 달리, 다른 모든 집들과 비교해 볼 때도 차이가 나는 점 으로, 건물 정면이 대단히 평범한 데다 — 최고 가난뱅이의 건 물처럼 — 회칠도 되지 않은 자연석 색깔 그대로였던 것입니 다. 나름대로 이유는 있겠지요. 현관 위에는 문장(紋章)이 새겨 진 값비싼 돌이 몇 개 있었는데, 사람들 말에 의하면 고대 전 사들의 머리 모양으로 마물러져 있었다고 합니다. 깃털 장식 투구를 쓴 전사들은 각각 동쪽과 서쪽을 향해, 마치 이쪽저쪽 모두 감시하고 있다는 사실을 암시하는 듯했지요. 광장 뒤 돈 헤수스의 집 쪽 예배당에 돌로 지은 종탑이 있었는데, 시도 때 도 없이 종이 울려 대는 바람에 그 소리가 마치 이 구석진 곳 까지 울리는 듯 내 기억에 생생합니다. 종탑과 시계탑은 같은 높이였는데, 여름에 오는 황새들은 자기들이 지난여름에 어느 탑에 머물렀는지를 알았습니다. 절름발이인 채로 두 번의 겨 울을 견뎌 낸 황새는 예배당 둥지에 있던 놈인데 아직 아주 어 린 새끼였을 때 그 둥지에서 떨어졌던 것이지요.

우리 집은 소나무 숲 끝 지점에서 대략 200걸음 정도 떨어 진 마을 밖에 있었습니다. 내 처지에 걸맞은 좁은 단층집이었 지만, 정이 들어서 그 집이 자랑스럽기까지 했던 때도 있었지 요. 사실 그 집에서 봐 줄 만한 곳은 주방뿐이었는데, 주방은 집에 들어서면 맨 처음에 보이는 곳으로 항상 깨끗하고 우아 하게 회반죽이 칠해져 있었습니다. 바닥은 맨땅이었지만 조약

돌로 무늬를 만들어 제법 잘 다져 놓았기에, 현대적 감각을 살리려고 시멘트를 바른 다른 많은 주방에 비해서도 손색이 없었습니다. 부엌은 넓고 탁 트였으며, 화덕 주변에는 장식용 도자기들, 파란 칠을 한 기념 항아리들, 파란색 또는 오렌지색 무늬 접시들을 올려놓은 선반이 있었지요. 어떤 접시들은 한쪽 면이 전부 칠해져 있었고, 어떤 접시들에는 꽃이나 물고기 그림이 그려져 있거나, 어떤 이름이 쓰여 있었습니다. 벽에도 여러 가지 물건들이 있었죠. 배 위에서 부채질하는 아가씨가 그려진 아주 예쁜 달력이 있었는데 그 배 그림 아래에는 "모데스토 로드리게스. 고급 수입 식료품점. 메리다 시(바다호스 지방)"라는 문구가 은가루 같은 것으로 쓰여 있었습니다. 또 번쩍번쩍 빛나는 각가지 색깔 옷을 입은 에스파르테로 장군*의 초상화와 크고 작은 사진 서너 개가 있었는데 누구를 찍은 것인지는 모르겠습니다. 왜냐하면 항상 같은 자리에 있는 걸 보았으면서도 그 사진들에 대해 물어볼 생각을 못 했기 때문이지요. 벽에는 자명종이 하나 있었는데 싸구려였지만 신기하게 잘 갔습니다. 또한 붉은 벨벳 바늘꽂이도 있었는데 거기에는 색유리 구슬이 달린 예쁜 머리핀이 몇 개 꽂혀 있었지요. 부엌의 가구는 몇 개 되지도 않는 데다가 초라했습니다. 의자가 세 개 있었는데 그중 하나는 매우 섬세해서 등받이와 곡선 모양 나무 다리들이 있었고, 엉덩이를 걸치는 부분은 격자망으로 되어 있었지요. 서랍이 달린 소나무 탁자도 하나 있었는데 의자 높이에 비해 좀 낮았지만 탁자의 제 기능을 다했습니다. 주

---

* 쿠데타로 정권을 잡은 자유주의파 군인이자 정치가(1793~1879).

방은 양호했지요. 편한 구조인 데다, 여름에는 불을 때지 않았기 때문에 해 질 무렵 문들을 활짝 열어 놓고 부뚜막 위에 앉아 있으면 꽤나 시원했습니다. 겨울에는 숯불을 좀 피워 놓으면 따뜻했는데 이따금씩 그 숯불을 살피면서 밤새도록 불씨를 지키곤 했지요. 작은 불꽃들이 살아 있을 때 벽에 비친 우리들의 그림자를 바라보는 일은 얼마나 멋졌는지요! 그림자들은 때로는 천천히, 또 때로는 장난치듯 깡충깡충 뛰어다녔습니다. 어려서 그것을 무서워했던 것이 기억나는군요. 그런데 성인이 된 지금도 그 무서웠던 기억을 떠올리면 온몸이 떨려 옵니다.

집의 나머지 부분은 구질구질해서 묘사할 가치도 없습니다. 방이 두 개 있었고 — 사람이 살았기 때문에 그걸 방이라고 부르겠지만 — 헛간도 하나 있었는데 우리가 살 때 그 헛간은 텅 비고 방치돼 있었기 때문에 왜 그걸 그렇게 불렀는지 요즘도 자주 생각해 보곤 합니다. 두 방 중 하나에서 나와 내 마누라가 잠을 잤고 다른 방에서는 하느님께서 데려가길 원하시기 전까지 우리 부모가 살았습니다. 그 후 그 방은 거의 비어 있었는데 처음에는 그 방을 차지할 사람이 없었기 때문이었고, 나중에 누군가가 있게 됐을 때에는 그 당사자가 언제나 주방을 선호했기 때문이지요. 주방은 더 밝았고 그곳에는 외풍도 없었거든요. 여동생은 집에 오면 언제나 주방에서 잠을 잤고, 마누라가 아이들을 낳았을 때 그 아이들 역시 제 어미로부터 떨어지면 그곳으로 가곤 했지요. 사실 방들은 아주 깨끗하지도 또 잘 지어지지도 않았지요. 하지만 까놓고 보면 별로 불평할 것도 없었습니다. 크리스마스의 비구름으로부터 보호해 주었고, 8월 성모 축제의 폭염으로부터 안전하게 살 수 있도록 해 주었으니까 말입니다. 그게 중요한 거지요. 헛간은 최악이었습니다. 음산하고 어두운 데다가, 벽에는 5월쯤 까마귀 먹이가 될, 절벽에서 떨어져 죽은 짐승의 썩은 고기 냄새와 똑같은 냄새가 배어 있었습니다.

그러나 희한하게도 젊었을 때는 그 냄새를 못 맡으면 죽을 것 같은 불안이 나를 엄습했습니다. 병역 문제 때문에 도청 소재지로 여행을 갔던 게 기억나는군요. 견디기 힘들어서 나는 하루 종일 사냥개처럼 코를 킁킁거리고 다녔지요. 여인숙에서 잠자리에 들 때 내 코르덴 바지의 냄새를 맡자 뜨거운 피가 온몸을 덥혔습니다. 나는 베개를 한쪽으로 치우고 바지를 접어 그 위에 머리를 받쳤지요. 그리고 그날 밤 바위처럼 쓰러져 깊은 잠을 잤습니다.

마구간에는 일을 돕는 비쩍 마른 노새 한 마리가 있었고, 항상 그렇지는 않았지만 경기가 좋을 때는 꿀꿀이 새끼들(안 될 말이지만)도 두세 마리 키우곤 했지요. 집 뒤쪽에는 마당이랄까 공터가 하나 있었는데, 그다지 크진 않았지만 나름대로 제구실을 했습니다. 거기에는 우물이 하나 있었는데 세월이 흐르자 아주 더러운 물이 나와 막아 버릴 수밖에 없었지요.

그 마당 뒤로는 도랑이 있었는데 물이 많았던 적은 한 번도 없었고, 심지어 어떤 때는 반쯤 말라붙기도 했지요. 그곳은 집시 떼거지처럼 더러웠고 악취를 풍겼는데, 그래도 멋진 뱀장어를 잡을 수 있게 해 주었습니다. 그래서 이따금씩 난 그곳에서 뱀장어를 잡으며 오후 시간을 죽이곤 했지요. 제법 재치 있던 마누라 말에 의하면, 그 뱀장어들은 돈 헤수스와 같은 걸 먹기 때문에 통통하다더군요. 비록 꼭 하루 늦게 먹긴 하겠지만 말입니다. 뱀장어를 잡고 있으면 시간 가는 줄 몰라, 연장을 챙길 때는 거의 항상 밤이었습니다. 그러면 저 멀리 작고 뚱뚱한 거북이, 또는 땅에서 떨어지기를 겁내는 똬리를 튼 뱀 모양의 알멘드랄레호에서는 전깃불이 하나둘씩 켜지기 시작했지요. 그곳 사람들은 분명 내가 고기를 잡고 있다는 사실을 몰랐겠지요. 또 바로 그 순간, 내게 일어난 일에 대해 그들이 말하는 것을 상상하고, 내가 생각하는 것들에 대해 그들이 어떻게 말할지를 생각하면서 내가 자기들 집에 불이 켜지는 모습을 바라보고 있었다는 사실도 몰랐을 겁니다. 도시 사람들이란 진실에 등을 돌리고 살고, 대개는 한 10여 킬로미터 떨어진 들판 한가운데서 촌놈 하나가 뱀장어 예닐곱 마리가 들어 있는 버들 바구니를 들고 낚시 도구를 챙기면서 자기들을 생각한다는 사실도 모른다니까요!

하지만 난 고기를 잡는 건 별로 남자답지 못한 심심풀이라고 생각해서 한가한 시간엔 대부분 사냥에 매달렸습니다. 마을에서는 내가 사냥을 좀 하는 것으로 평판이 났는데, 내숭 떨지 않고 솔직히 말하자면, 그렇게 평가하는 이들은 뭘 좀 아는 사람들이라고 할 수 있겠죠. 나는 치스파라는 사냥용 암캐를 한 마리 데리고 있었는데, 녀석은 좀 추하고 제법 거칠었지만 나하고는 아주 잘 통했습니다. 아침이면 종종 녀석과 함께 포르투갈 국경 쪽으로 8킬로미터쯤 떨어진 곳으로 사냥을 나가곤 했는데 빈손으로 돌아온 적은 한 번도 없었지요. 돌아올 때면 치스파는 나보다 앞서 가서는 길이 엇갈리는 곳에서 늘 나를 기다렸습니다. 그곳에는 앉은뱅이 의자처럼 납작하고 둥근 돌이 하나 있었는데, 나는 그 돌에 대해 다른 사람들에 대해서와 마찬가지로 기분 좋은 추억을 간직하고 있습니다. 아니, 분명 많은 사람들에 대한 것보다 더 나은 추억일 겁니다. 그 돌은 넓고 좀 패어 있었는데, 앉으면 똥꼬 부분(안 될 말이지만)이 미끄러져 들어가는 게 너무 편해서 자리를 뜨기 싫을 정도였지요. 나는 다리 사이에 엽총을 놓은 채 눈에 들어오는 풍경을 감상하고 담배를 피우며 그 돌 위에 앉아 오랜 시간을 보내곤 했습니다. 그러면 치스파는 내 앞에서 뒷다리를 받치고 앉아서 고개를 갸우뚱거리며 밤색 눈을 크게 뜨고 나를 바라보곤 했지요. 내가 말을 걸면 녀석은 내 말을 잘 알아들으려는 듯 두 귀를 조금 쳐들곤 했습니다. 내가 말을 걸지 않으면 녀석은 그 틈을 이용해 메뚜기들 뒤를 쫓아가거나 그냥 자세를 고쳐 앉기도 했지요. 길을 떠날 때면 언제나, 왜 그랬는지는 모르겠지만, 마치 작별 인사라도 하듯 나는 돌 쪽으로 고개를 돌렸지요. 그러던 어느 날 돌이 내가 떠나는 걸 너무도 슬퍼하는 듯해서, 나는 발걸음을 돌려 그곳에 다시 앉았습니다. 치스파도 다시 내 앞에 엎드려 나를 바라보았지요. 지금 생각해 보니 녀석의 눈빛은 꼬치꼬치 캐묻는 고해신부의 눈빛처럼 차가웠습니다. 사람들이 말하는 살쾡이 눈 말입니다. ……온몸에 전율이 일었지요. 전기가 팔을 통해 내 몸을 빠져나가려는 것 같았습니다. 담뱃불은 이미 꺼져 버렸고 말입니다. 어느새 나는 다리 사이에 있는 단발 엽총을 서서히 매만지고 있었지요. 그 개는 마치 한 번도 본 적이 없다는 듯 계속해서 나를 뚫어져라 바라보았습니다. 아니, 무언가에 대해 내게 따지고 드는 듯했는데, 그 시선은 내 혈관의 피를 뜨겁게 데워 나는 숨이 막힐 지경에 이르렀습니다. 더웠지요. 끔찍하게 더웠고, 내 두 눈은 송곳 같은 그 암캐의 시선에 압도되어 절반쯤 감겨 있었습니다.

나는 엽총을 들고 쏘았습니다. 그리고 나서 탄환을 장전하고 다시 쏘았고요. 치스파의 끈적끈적하고 검붉은 피가 땅을 조금씩 적셔 나갔습니다.

2장

　　나는 분명 유년기에 대해 좋은 추억을 간직하고 있지 않습니다. 내 아버지 이름은 에스테반 두아르테 디니스였는데, 내가 아이 적에 40대였던 포르투갈 사람이었습니다. 산처럼 키가 크고 뚱뚱했죠. 그의 피부는 햇볕에 그을렸고, 아래로 처진 검은 콧수염은 멋지게 자라 있었습니다. 사람들 말에 의하면, 젊었을 때는 수염이 위로 향해 있었는데, 감옥에 갔다 온 뒤로 그 멋진 모습이 무너져 내리고, 힘 있던 콧수염은 흐들흐들해져서 죽을 때까지 아래로 처져 있었지요. 나는 아버지를 꽤나 존경했지만 적잖이 두려워하기도 했습니다. 그래서 되도록이면 아버지를 피해 다녔고 부딪치지 않으려고 했습니다. 그는 사납고 거칠었으며 자기에게 말대꾸하는 걸 참지 못했지요. 나는 내 안전을 위해 그런 그의 성질을 존중해 주었습니다. 아버지는 필요 이상으로 훨씬 더 자주 격분했는데, 그럴 때면 닥치는 대로 집어 들어 어머니와 나를 흠씬 두들겨 패곤 했지요.

어머니는 아버지의 그런 못된 버릇을 고친다면서 같이 달려들어 되받아치곤 했지만, 나는 나이가 어려서 꼼짝없이 맞을 수밖에 없었습니다. 그토록 어린 나이에 살결은 얼마나 부드러웠는지요!

나는 아버지에게도 어머니에게도 언제 아버지가 감옥에 갔었는지를 묻지 못했는데, 개들이 미쳐 날뛰지 않게 하는 게 최선이라고 생각했기 때문이었습니다. 그들은 자기들끼리도 필요 이상으로 미쳐 날뛰고 있었으니까요. 사실 물을 필요도 없었습니다. 왜냐하면 자애로운 영혼을 가진 이들은 결코 부족하지 않으니까요. 인구가 얼마 안 되는 우리 마을 같은 곳에서는 그런 걸 물어볼 필요가 더더욱 없는데, 내게 와서 모든 걸 말해 줄 사람들이 있었거든요. 아버지는 밀수 때문에 감옥에 갔었습니다. 보아하니, 그게 오랫동안 그의 직업이었던 것 같더군요. 그러나 우물에 자주 가는 항아리는 깨지고, 파산하지 않는 사업은 없으며, 노력 없이는 지름길도 없듯이, 어느 날 상상도 못 하고 있을 때 — 방심은 용기 있는 자들을 망하게 하지요. — 경찰들이 미행으로 밀수품을 찾아내고는 그를 감옥에 넣어 버렸던 것입니다. 아주 오래전에 일어났던 일임에 틀림없는데, 왜냐하면 나는 아무것도 기억하지 못하기 때문이지요. 어쩌면 내가 태어나기 전의 일일지도 모릅니다.

어머니는 아버지와는 반대로 살집이 없었습니다. 키는 꽤 컸지만 말입니다. 어머니는 좀 길고 말라깽이에다가 건강도 좋아 보이지 않았지요. 오히려 얼굴은 누렇게 떴고 두 뺨은 움푹해서 아직 폐병 환자가 아니라면 조만간에라도 그 병에 걸릴 것 같은 모습이었습니다. 그녀는 또한 무뚝뚝하고 난폭했으며 악마에게나 어울릴 법한 성질인 데다 하느님께서나 용서해 주실 만큼 입이 더러웠지요. 별일 아닌 것에도 매번 쌍욕을 해 대곤 했으니까요. 어머니는 늘 상복을 입었고, 물하고는 별로 친하지 않았습니다. 얼마나 친하지 않았는지 사실대로 말하자면, 내가 아는 한 어머니가 평생에 몸을 씻는 걸 딱 한 번 보았는데, 아버지가 주정뱅이 년이라고 부르자 자기가 물을 두려워하지 않는다는 걸 과시하려고 했을 때뿐이었지요. 반면 술하고의 관계는 불편하지 않아 언제나 돈을 챙겨 놓거나 아버지 옷을 뒤져서는, 아버지 몰래 침대 밑에 감춰 둔 병에 술을 받아 오라고 날 심부름 보내곤 했습니다. 어머니의 입술 언저리에는 콧수염 같은 흰 털이 나 있었고, 헝클어지고 거친 머리털은 크지 않게 머리 위로 올려 묶여 있었지요. 입언저리에는 산탄에 맞은 것처럼 작고 불그스레한 흉터랄지 자국 같은 것이 있었는데, 내 생각엔 젊었을 때 생겼던 악성 가래톳 자국 같았습니다. 여름이면 그 상처는 살아 있는 듯 벌게졌다가, 가을에는 작은 머리핀 같은 고름이 솟아났고, 겨울이 되면 깨끗해지곤 했지요.

우리 부모의 관계는 원만하지가 못했습니다. 제대로 교육도 못 받은 데다가 덕도 별로 없었고 하느님이 주신 것에 만족할 줄도 몰라서 — 나는 재수 없게도 이 모든 결점을 물려받았지요. — 그들은 원칙을 생각하고 본능을 자제하는 것에 별로 신경을 쓰지 않았습니다. 또 아무리 작은 동기라 하더라도 기회만 주어지면 며칠이고 끝도 없이 계속될 풍파를 일으키기에 충분했지요. 그럴 때 나는 보통 누구 편도 들지 않는데, 사실은 누구를 편들더라도 똑같은 대가를 지불해야 했기 때문입니다. 어떤 때 나는 아버지가 두들겨 패는 것을 기뻐했고, 다른 때는 어머니가 그러는 걸 좋아했습니다. 하지만 그런 걸 중요하게 생각해 본 적은 한 번도 없습니다.

어머니는 읽을 줄도 쓸 줄도 몰랐습니다. 아버지는 그렇지 않아서 그것에 대한 자부심이 대단했지요. 툭하면 어머니를 몰아세웠고, 그렇게 말할 만한 상황이 아닌데도 자주 어머니를 무식쟁이라고 불렀습니다. 그런 말은 어머니에게는 대단한 모욕이어서 어머니는 울분을 터뜨리곤 했지요. 아버지는 때로 오후에 신문을 들고 집에 왔는데, 우리가 싫다고 해도 우리 둘을 부엌에 앉혀 놓고 기사를 읽어 주곤 했습니다. 그러고 나서 그 기사에 대한 평을 했는데 그럴 때면 나는 몸을 떨기 시작했습니다. 그런 평이 늘 싸움의 시작이었기 때문이지요. 어머니는 아버지를 기분 나쁘게 하려고 신문에 쓰인 것은 아버지가 읽은 것과 전혀 다르다고, 아버지가 말한 것은 전부 머릿속에서 지어낸 것이라고 말하곤 했습니다. 아버지는 이런 말을 들으면 이성을 잃고는 미친놈처럼 펄쩍 뛰며 어머니에게 무식한 년 또는 마녀 같은 년이라고 소리를 질러 댔는데, 결국에는 언제나 큰 소리로 만일 자기가 신문에 날 만한 일을 지어낼 수 있을 정도였다면 어머니 같은 여자와 결혼했겠느냐고 비아냥댔습니다. 어머니도 이미 싸울 준비가 돼 있었죠. 어머니는 아버지를 재수 없는 놈이라든지 털보, 거렁뱅이 포르투갈 놈이라고 욕을 해 댔습니다. 그러면 아버지는 기다리기라도 했다는 듯이 허리띠를 풀어서는 부엌에서 어머니를 지칠 때까지 족쳐 댔습니다. 나는 처음에는 아버지가 허리띠로 때리는 것을 말렸는데, 더 경험이 쌓여 몸을 적시지 않는 최선의 방책은 비를 맞지 않는 것이라는 사실을 배운 뒤에는, 일이 심상치 않게 돌아갈 듯하면 그들만 남겨 두고 그곳을 나와 버렸습니다. 자기들이 알아서 하라고 말입니다.

사실 우리 가족에게 화목함이란 거의 없었습니다. 하지만 가족은 우리가 선택할 수 있는 것이 아니라 태어나기도 전에 운명 지어지는 것이기에 나는 내 인연에 순응하려고 노력했지요. 내가 절망하지 않는 유일한 방법이었으니까요. 자기 의지대로 하기가 좀 더 쉬울 때인 어린 시절, 나는 잠깐 동안 학교에 다녔습니다. 아버지는 삶을 위한 투쟁은 매우 혹독하다면서 우리가 그 싸움을 지배할 수 있는 유일한 무기인 지성으로 맞설 준비를 해야 한다고 말하곤 했거든요. 아버지는 이 말을 외우고 있는 듯 단숨에 쏟아 냈는데, 그때 그의 목소리는 매우 신중해서 내가 그 주장에 대해 의심할 수 없는 분위기를 풍겼습니다. 그러고 나서 아버지는 마치 그 말을 후회하듯이 크게 웃어 젖히며 늘 이렇게 말하곤 했지요. 꽤 다정하게 말입니다.

"신경 쓰지 마라, 애야. 나도 이제 늙었나 보다!"

그리고 생각에 잠겨 낮은 목소리로 몇 번이고 이렇게 말했지요.

"나도 이제 늙었나 보다! ……나도 이제 늙었나 봐……!"

내 학교생활은 그리 오래가지 않았습니다. 앞서 말했듯 어떤 일에 있어서 난폭하고 제멋대로인 아버지도 또 다른 어떤 일에는 연약하고 소심했지요. 대충 관찰한 바에 따르면 아버지는 사소한 일에만 맘대로 행동했는데, 왜냐하면 중요한 일에는 두려움 때문인지 또 다른 이유 때문인지 몰라도 별로 고집을 부리지 않았으니까요. 어머니는 내가 학교에 가는 걸 원치 않았습니다. 기회가 있으면 언제나, 또 기회가 없을 때도 종종, 뭘 배워 봤자 가난에서 벗어나는 데는 평생 아무 소용 없다고 말하곤 했지요. 그건 내게 좋은 기회였는데 나 역시 학교 가는 것에 별로 흥미를 느끼지 않았기 때문이지요. 우리 둘은 시간을 좀 두고 아버지를 설득했고 결국 나는 학교를 때려치웠습니다. 그때 이미 읽고 쓸 줄 알았고 또 덧셈 뺄셈도 할 줄 알았기에 사실 세상을 살아가기에는 충분했지요. 학교를 그만두었을 때 난 열두 살이었습니다. 하지만 너무 빨리 이야기하지는 않겠습니다. 모든 것에는 순서가 있고 일찍 일어난다고 해가 더 일찍 뜨는 건 아니니까요.

여동생 로사리오가 태어났을 때 난 아주 어렸습니다. 당시에 대한 기억은 혼돈스럽고 희미해서 어느 정도까지 충실하게 이야기할 수 있을지 모르겠군요. 그렇지만 한번 이야기해 보죠. 비록 내가 사실과 다르게 말하는 실수를 할 수는 있어도 선생님께서 상상력을 동원하시거나 어림짐작하시는 것보다는 훨씬 더 사실에 가까울 테니 말입니다. 로사리오가 태어났던 그 오후는 더웠던 것으로 기억합니다. 아마 7월이나 8월이었을 겁니다. 들판은 고요 속에서 여름을 나고 있었고 매미들은 톱으로 땅의 뼈를 갈고 싶어 하는 듯했지요. 사람도 동물도 모두 집 안에 틀어박혀 있었고, 태양만이 높이 떠서 만물의 주인인 듯 모든 것을 비추며, 모든 것을 불태우고 있었고요. 어머니는 언제나 힘들고 고통스럽게 출산했습니다. 아이를 낳기 힘든 체질에다가 다소 마르기까지 해서 해산의 고통을 참아 내기 어려웠죠. 불쌍한 어머니는 미덕이나 품위를 갖춘 적이 단 한 번도 없었고 나처럼 말없이 참아 낼 줄도 몰라 그 모든 고통을 비명으로 해결했습니다. 운이 억세게도 나빠서 난산이었기 때문에 몇 시간이고 소리를 질러서야 로사리오가 태어났습니다. 왜 옛말에도 있지 않습니까. 난산하는 수염 난 여자는……(다음 부분은 이 글을 읽는 고상한 분을 생각해서 쓰지 않겠습니다.)* 엔그라시아라는 동네 아주머니가 어머니의 분만을 돕고 있었습니다. 세로 출신인 그녀는 초상을 치르고 출산하는 것을 돕는 전문가로 절반은 마녀였고 또 그런 만큼 베일에 싸인 여자였는데, 이것저것 섞은 약을 가져와서는 고통을 덜어 준다며 어머니 배에 발랐습니다. 그러나 어머니가 연고를 바르나 안 바르나 더 이상 클 수 없을 만큼 고래고래 소리를 질러 대자, 엔그라시아 부인은 어머니를 믿음 없는 얼치기 기독교인으로 몰아붙이는 게 가장 좋은 방법이라고 생각했죠. 그때는 어머니의 고함 소리가 폭풍우처럼 거세져서 나는 어머니가 귀신 들린 게 아닐까 하는 생각까지 했습니다. 이런 의심이 오래가지는 않았는데 왜냐하면 그 평소와는 달랐던 고함이 새로 태어난 내 여동생 때문이라는 것이 곧 밝혀졌으니까요.

아버지는 이미 오랜 시간 부엌을 큰 걸음으로 서성이고 있었습니다. 로사리오가 태어나자 아버지는 어머니 침대까지 다가가더니 상황을 전혀 고려하지 않고 "뻔뻔한 년." 또는 "여우 같은 년."이라고 하면서 혁대 버클로 후려 패기 시작했습니다. 하도 심하게 때려서 지금 생각해도 어머니가 까무러치지 않은 게 이상할 정도였지요. 그러고 나서 아버지는 집을 나갔다가 꼬박 이틀이 지나서야 돌아왔습니다. 아버지는 술통처럼 술에

---

* '난산하는 수염 난 여자는 결국 딸을 낳는다.'라는 속담으로 설상가상의 상황을 뜻한다.

취해 돌아와서는 어머니 침대로 가서는 어머니에게 키스하더 군요. 어머니는 아버지가 키스하도록 내버려 뒀고요……. 그런 다음 아버지는 마구간으로 자러 갔습니다.

3장

　로사리오에게 그리 깊지 않은 상자로 요람을 만들고 바닥에는 양털 찌꺼기로 된 베개 하나를 뜯어서 깔아 주었습니다. 그곳에 로사리오를 눕히고 어머니 침대 옆에 놓았지요. 로사리오는 솜을 누빈 천 조각에 단단히 덮여 있었기 때문에 나는 동생이 질식해 죽을 거라는 생각을 여러 번 했습니다. 이유는 알 수 없지만 그때까지 난 어린 아이들은 우윳빛처럼 하얄 거라고 생각했는데, 지금 기억나는 건 삶은 게처럼 끈적끈적하고 불그스름했던 내 여동생을 보았을 때 받았던 불쾌한 인상뿐입니다. 찌르레기나 둥지에 있는 새끼 비둘기들처럼 그 아이의 머리에 듬성듬성 나 있던 솜털은 몇 달이 지나면서 빠져 버렸습니다. 오그라든 두 손도 너무나 투명해서 보는 것만으로도 소름이 돋았지요. 태어난 지 사나흘이 되어 사람들이 동생을 씻기려고 천 조각들을 들춰냈을 때에야 나는 동생이 어떻게 생겼는지 제대로 볼 수 있었는데 처음처럼 그렇게 역겹지는 않았다고만 말할 수 있습니다. 살결은 투명했고, 그때까지 아직 뜨지 못하던 작은 두 눈은 눈꺼풀을 좀 움직이려고 애쓰는 것 같았습니다. 그리고 두 손은 이제 좀 더 부드러운 인상을 주었지요. 엔그라시아 아주머니는 로즈메리 물로 동생을 잘 씻어 주었습니다. 아주머니에겐 다른 일이라면 몰라도 불행한 이들을 돕는 것만큼은 재주가 있었지요. 그녀는 좀 덜 더러운 천 조각으로 동생을 감싸고 아주 더러운 다른 조각들은 빨기 위해 한쪽으로 치워 동생을 대단히 만족시켜 주었습니다. 아기는 몇 시간이고 줄곧 잠을 잤는데 하도 집이 조용해서 아무도 우리 집에서 아기가 태어났다는 사실을 알아차리지 못했을 겁니다. 아버지는 그 상자 옆 바닥에 앉아서 동생을 바라보며 몇 시간이고 있었는데 엔그라시아 아주머니 표현대로라면 아버지의 얼굴은 사랑에 빠진 남자의 얼굴이었습니다. 그런 아버지의 모습에 나는 하마터면 그의 진면목을 잊어버릴 뻔했고요. 그러고 나서 아버지는 일어서서 동네를 한 바퀴 돌러 나갔습니다. 그리고 우리가 아버지에 대해 까마득히 잊었을 때, 다시 그와 마주치리라고는 전혀 생각지 못할 시간에 나타나 그 상자 옆에서 부드러운 얼굴로 온화한 시선을 보냈는데, 그를 모르는 사람이 그 모습을 보았더라면 성(聖) 로케가 앞에 있는 걸로 착각했을 겁니다.

로사리오는 말라깽이에다가 계속 약골로 자랐습니다. 어머니의 그 빈약한 가슴에서 뭘 짜 먹을 수 있었겠습니까! 태어나서 얼마 동안은 아주 아슬아슬했는데, 죽을 고비를 넘긴 게 두세 번은 되는 것 같습니다. 아버지는 동생이 비실비실한 것을 언짢아했는데, 그 모든 걸 목구멍에 술을 퍼부어 해결하려 했기에 어머니와 나는 한동안 힘든 시간을 견뎌 내야 했지요. 그때는 하도 견디기 어려워 과거를 그리워했고 이 이상 힘들 수는 없다고 생각했습니다. 있을 때는 그렇게 증오하다가도 나중에 없어지면 그걸 그리워하는 건 인간의 불가사의겠지요! 출산 전보다 건강이 더 나빠진 어머니도 심하게 매질을 당했습니다. 비록 나를 잡는 것이 쉽지 않았지만, 아버지는 나와 마주치면 구두코로 아무렇게나 걷어차서 똥꼬 부분(안 될 말이지만)에서 피가 난 적도 있습니다. 또 낙인이 찍힌 것처럼 갈비뼈에 자국이 난 적도 있었지요.

　동생은 차츰 좋아졌고 사람들이 어머니에게 먹였던 적포도주 수프로 원기를 회복했습니다. 천성적으로 영리한 아이였고 또 시간도 그냥 흐르는 것이 아니라서, 걷는 것은 좀 늦었지만 말은 참 일찍 배웠습니다. 동생은 말도 잘해서 재롱을 떨며 우리 모두 넋이 나가게 만들었지요.

　모든 아이들의 한결같은 시기가 지나갔습니다. 로사리오는 자라서 소녀티가 났지요. 그런데 가만히 보니 그 아이는 도마뱀보다 더 영악했습니다. 우리 식구들 중에는 자신에게 주어진 일에 골통을 제대로 굴리는 이가 아무도 없었기 때문에, 동생은 곧 집에서 여왕처럼 행세했고 자기가 하고 싶은 대로 우리를 갖고 놀았습니다. 그녀의 천성이 착했더라면 대단한 선행들을 많이 했을 겁니다. 하지만 하느님께서는 우리들 중 어느 누구도 선의를 가짐으로써 튀는 걸 원치 않으셨기에 다른 쪽으로 용도를 바꾸셨지요. 그래서 우리는 곧 동생이 바보는 아니지만, 차라리 바보였다면 더 좋았을 거라는 사실을 알게 되었습니다. 그 아이는 좋은 일에만 빼고 모든 일에 쓸모가 있었지요. 집시 노파처럼 말을 그럴싸하게 하고 재치가 있었으며 도둑질도 했고 아주 어려서부터 술을 좋아한 데다 노파의 뚜쟁이 노릇까지 했는데, 아무도 동생을 선도하는 일에 신경 쓰지 않자 ─ 누구도 그 애가 자기 영리함을 선한 일에 사용하도록 하지 않았지요. ─ 상황은 더 심각해졌습니다. 그 계집아이는 열네 살이던 어느 날, 우리 판잣집에서 그나마 쓸 만한 것을 훔쳐서 친구 엘비라의 집이 있는 트루히요로 가 버렸습니다. 동생이 가출한 뒤로 우리 집이 어떠했을지는 아마 선생님께서도 짐작이 될 겁니다. 아버지는 어머니 탓을 했고, 어머니는 아버지 탓을 했지요. ……로사리오가 없다는 사실을 가장 실감한 건 아버지가 난동을 부렸기 때문입니다. 전에 다 같이 살 때는 동생이 없을 때만 그랬는데, 이제 그 애가 눈앞에 보이지 않자 아버지는 시도 때도 없이 깽판을 쳤거든요. 난폭한 꼴통으로 별로 당할 자가 없었던 아버지가 로사리오의 말에 고분고분했다는 사실은 지금 생각해도 신기한 일이었습니다. 아버지의 화를 푸는 데는 로사리오의 눈길 한 번이면 충분했거든요. 단지 그 애가 그 자리에 있다는 이유로 우리가 덜 맞은 적이 한두 번이 아니었습니다. 연약한 계집아이가 그 우람한 덩치를 꼼짝 못하게 했다고 누가 상상이나 할 수 있겠어요!

동생은 트루히요에서 다섯 달까지 버티다가 열병에 걸려 반죽음 상태로 집에 돌아와서는 1년 가까이 자리에 누워 있었습니다. 악령의 지배를 받는 열병이 동생을 거의 송장으로 만들어 버리자 아버지는 ─ 그는 주정뱅이에 시비꾼이었지만, 기독교인이었고 또 교리에도 충실했습니다. ─ 동생에게 성체를 받게 하고 마지막 여행을 준비시켰습니다. 그 병은 다른 병들처럼 진폭이 있어서, 동생은 낮에는 살아날 듯하다가도 밤이면 죽을 것 같았습니다. 부모님에겐 우울한 시간이었지만 나는 그 슬픈 시기에 대해 평화로운 기억만 간직하고 있습니다. 그 몇 달 동안에는 벽 너머에서 쥐어 패는 소리가 나지 않았거든요. 두 노인네들이 힘든 시간을 보냈던 거죠! 이웃 아주머니들은 로사리오에게 약초를 구해다 주었습니다. 그러나 가장 믿을 만한 이는 엔그라시아 아주머니였기에 우리는 로사리오의 병을 고치기 위해 그녀를 찾아가 조언을 구하곤 했지요. 그녀의 치료법은 하느님만 아실 정도로 복잡했지만, 정성을 다한 것이었기에 효과를 보았음에 틀림없습니다. 비록 더뎠지만 동생이 다시 건강을 회복하는 게 보였거든요. 옛말에 따르면, 나쁜 풀은 죽지 않는 법이지요. 내 말뜻은 로사리오가 나쁘다는 게 아닙니다. 비록 그 애가 자신이 착하다는 걸 증명하기 위해 불 속에 손을 넣지는 않겠지만 말입니다. 확실한 건 엔그라시아 아주머니가 처방했던 탕약을 마신 후로는, 시간이 흘러 로사리오의 건강이 회복되기를 기다리기만 하면 됐다는 거죠. 건강과 함께 영악함과 오만함도 회복했지만 말입니다.

동생이 건강을 회복해서 부모님에게 — 이들은 딸내미에 대한 걱정에서만 의견 일치를 보았지요. — 기쁨이 돌아오자마자 그 불여우 같은 년은 다시 가난한 집에서 모은 돈지갑을 인정사정없이 훔쳐 가 버렸습니다. 그년은 또다시 온다 간다 말도 없이 도망가 버렸는데, 이번에는 알멘드랄레호로 가는 길에 있는 니에베스 라 마드릴레냐의 집으로 가 머물렀지요. 확실한 건, 아니 내가 확실하다고 생각하는 건, 인간 말종에게도 일말의 양심은 늘 남아 있다는 겁니다. 왜냐하면 로사리오는 우리를 완전히 잊지 않고 성탄절이나 우리 각자의 이름에 해당하는 성자의 날에 조끼 같은 것을 보내왔기 때문이지요. 비록 너무 꽉 껴서 밥을 많이 먹은 채로 코르셋을 입은 것 같았지만, 그래도 기특했습니다. 차려입고 다니는 것에 신경을 많이 쓰긴 했어도 그 애의 생활 역시 풍족하진 않았을 테니까요. 그 애는 알멘드랄레호에서 자신을 망쳐 놓을 사내놈 하나를 알게 되었습니다. 로사리오는 몸을 망친 게 아니라 ─ 그즈음엔 이미 그쪽으로 다 망가져 있었을 겁니다. ─ 주머니를 망쳐 버렸지요. 이미 몸을 버렸으면 주머니라도 조심해야 했는데 말입니다. 그 작자의 이름은 파코 로페스였는데 '싸가지'라는 나쁜 별명도 있었습니다. 나도 녀석이 잘 생겼다는 건 인정할 수밖에 없습니다. 비록 사팔뜨기처럼 시선 처리가 확실하지 않았지만 말입니다. 놈은 어느 싸움판에선가 눈을 잃고 그 자리에 유리구슬을 박았기 때문에 시선이 갈피를 잡을 수 없었거든요. 눈만 괜찮았다면 야코까나 죽였을 겁니다. 놈은 키가 컸고 반 금발에다가 제법 멋있었는데 하도 꼿꼿하게 걸어서 녀석을 처음 '싸가지'라고 부른 놈이 사람을 잘못 본 건 아니었습니다. 그놈은 얼굴로 먹고사는 놈이었는데, 멍청한 여자들이 돈을 대 주곤 해서 일하기를 싫어했지요. 그게 이렇게 못마땅한 건 어쩌면 내겐 한 번도 그럴 기회가 없었기 때문인지도 모르겠습니다. 사람들 말에 따르면 놈은 안달루시아 투우장을 떠돌면서 새끼 소들을 데리고 하급 투우사 노릇을 좀 했다던데, 그걸 믿어야 할지 모르겠군요. 왜냐하면 놈은 여자들하고 있을 때만 배짱 있어 보였기 때문이지요. 그 계집애들은, 내 여동생을 포함해서, 놈의 말을 철석같이 믿었는데, 선생님도 아시다시피 여자들이 투우사라면 사족을 못 쓰는 덕에 녀석은 편하게 살았습니다. 언젠가 돈 헤수스 소유의 로스 하랄레스 농장 주변으로 메추라기 사냥을 나갔다가, 알멘드랄레호에서 산을 따라 바람을 쐬러 나온 놈과 마주쳤습니다. 녀석은 커피색 양복을 빼입고 모자를 쓰고는 손에 버들가지 하나를 들고 있었지요. 우리는 서로 인사를 나누었는데, 그 교활한 놈은 내가 동생 안부를 묻지 않자 내 입에서 그 말을 끄집어내고 싶어 했습니다. 나는 그냥 버티고 서 있었지요. 놈은 내가 기 죽었다는 걸 눈치챘음에 틀림없습니다. 왜냐하면 우리가 별 용건 없이 헤어지려 할 때 갑자기 마지못한 듯 내게 말했거든요.

"그런데 로사리오는?"

"자네가 더 잘 알 텐데……."

"내가?"

"저런! 자네가 모르면 누가 알겠는가?"

"내가 그걸 알아야 할 이유라도 있는가?"

놈이 그 말을 하도 진지하게 해서 누구라도 그놈이 평생 단한 번도 거짓말을 한 적이 없을 거라고 생각했을 겁니다. 선생님도 일이 어떻게 돌아가는지 아시니까 말인데, 나는 그 자식과 로사리오에 대해 이야기하는 것이 불쾌했습니다.

놈은 막대기로 백리향 풀을 툭툭 치고 있었지요.

"그래 좋아, 자네가 알고 싶다면! 그녀는 잘 있다네! 그걸 알고 싶었던 게 아닌가?"

"이봐, 싸가지! 내 말 좀 들어 보게! 난 사내다운 놈이라서 입이나 나불거리며 다니지 않는다네! 그러니 날 건드리지 마라! ……날 건드리지 말라고……!"

"누가 자넬 건드린다고 그래? 건드릴 건덕지도 없는 거 같은데 말이야. 그런데 로사리오에 대해 알고 싶은 게 뭔가? 로사리오가 자네와 무슨 상관이 있단 말이냐고? 자네 동생이라서 그러나? 좋아, 그런데 그래서 뭐 어쨌다는 거야? 그녀는 내 애인이기도 하지, 말하자면 말이야."

말로는 못 당할 놈이지만, 만일 주먹을 썼다면 죽은 조상님들을 걸고 선생님에게 맹세하건대, 놈이 내 머리털을 한 올 건드리기도 전에 놈을 죽여 버렸을 겁니다. 나는 냉정해지려고 했죠. 왜냐하면 나 스스로가 내 성질을 알고 있었고 또 사내 대 사내의 싸움에서 한쪽은 총을 들고 다른 쪽은 아무것도 없이 싸우는 건 좋지 않으니까요.

"이봐, 싸가지. 우리 서로 입을 다무는 게 좋겠네. 그 애가 자네 애인이라고? 좋아, 그럼 그렇게 하게나! 그게 나와 무슨 상관이란 말인가?"

싸가지가 웃었습니다. 싸움을 원하는 것 같았지요.

"내 말 알아듣겠는가?"

"뭘 말인가?"

"만일 자네가 내 동생의 애인이었다면, 난 벌써 자네를 죽였을 거야."

그날 내가 참느라 병이 났다는 건 하느님만 아시지요. 왜 그랬는지는 모르겠지만, 그때는 그놈과 말하기 싫었습니다. 나는 누군가 내게 그런 식으로 말하는 것에 적응되질 않았지요. 마을에서는 그놈 절반만큼도 내게 함부로 말하는 사람이 없었거든요.

"다음번에도 이렇게 한 바퀴 돌다가 자네를 만나면 장날 시장 바닥에서 죽여 주지."

"허풍 떨기는!"

"칼로 벌집을 만들어 주지!"

"이봐, 싸가지! ……이 자식을 그냥……!"

* * * * * *

그날 내 옆구리에 가시가 하나 박혔는데 지금까지도 그 자리에 있습니다.

왜 그때 가시를 빼지 않았는지 지금까지도 모르겠군요. 시간이 흘러 다른 종류의 열병에 걸린 동생이 치료차 우리와 함께 살았을 때, 그녀는 내게 그 뒷얘기를 해 주었습니다. 그날 밤 로사리오를 보러 니에베스의 집에 간 싸가지는 그 애를 따로 불러냈다더군요.

"네 오빠 녀석은 사내자식도 아니고, 좃도 아닌 걸 알고 있나?"

"……."

"사람 소리만 들려도 몸을 웅크리는 토끼 새끼 같던데?"

동생은 내 편을 들려고 했지만 별 소용이 없었답니다. 그놈이 이긴 거죠. 그 자식은 나를 이긴 셈인데 내가 내 방식대로 싸우지 않아 패했던 유일한 싸움이었죠.

"이봐, 예쁜이! 다른 얘기 좀 할까. 돈은 얼마나 있지?"

"8페세타.*"

---

* 스페인의 옛 화폐단위.

"그게 다야?"

"그것뿐이야. 뭘 원하는데? 경기가 좋지 않다고……!"

그 싸가지는 싫증이 날 때까지 버드나무 지팡이로 동생의 두 뺨을 번갈아 가며 후려쳤답니다.

그러고 나서 "네 오빠 녀석은 사내자식도 아니고, 좆도 아닌 걸 알고 있나?" 하고 말했습니다.

* * * * * *

동생은 내게 자신의 안전을 위해서 마을에 남아 달라고 사정했습니다.

옆구리 가시가 이리저리 돌아다니는 것 같았습니다. 왜 그때 그 가시를 빼지 않았는지 지금까지도 모르겠군요.

4장

선생님, 내가 두서없이 이야기하는 걸 용서해 주십시오. 시간 순이 아니라 인물 중심으로 이야기를 하다 보니 처음에서 끝으로, 또 끝에서 다시 처음으로 마치 놀란 메뚜기가 팔딱거리듯 오락가락하네요. 그러나 다른 방법으로는 이야기할 수 없을 것 같습니다. 나는 나오는 대로 이야기할 뿐, 소설을 만들기 위해 이야기를 중단하지는 않습니다. 만일 내가 그랬다면 아마도 이야기는 전혀 나오지 않았을 겁니다. 게다가 나는 이야기를 계속하다가 갑자기 숨이 멎어서는 어떻게 빠져나와야 할지도 모르는 채 멈춰 서 버릴 위험도 안고 있었을 테지요.

세월은 모든 사람에게 그렇듯 우리 가족에게도 흘렀고, 우리의 일상은 언제나처럼 늘 똑같았습니다. 그래서 만일 내가 꾸며 내지 않는다면, 선생님께서 상상 못 하실 새로운 사건은 그 시절에 별로 없었습니다.

여동생이 태어난 지 15년이 됐을 때였습니다. 나는 어머니가 하도 삐쩍 말랐고 나이도 꽤 많아서, 다시 아이를 낳을 줄은 정말 몰랐습니다. 어머니 배가 꽉 차올랐지만 우리는 누구 씨인지도 몰랐지요. 왜냐하면 그 당시에 어머니는 세뇨르 라파엘과 어울려 다녔기 때문입니다. 결국 정해진 날수를 기다려 우리 집에 새로운 아이 한 명을 더 맞이하는 수밖에 없었지요. 가엾은 마리오가 ─ 우리는 새 동생을 이렇게 불렀습니다. ─ 태어난 것은 다른 어떤 일보다 더 파란만장하고 귀찮은 사건이었습니다. 왜냐하면 어머니가 분만 도중에 소란을 부린 것은 물론이고, 이 사건들과 비슷한 시기에 아버지가 죽었기 때문입니다. 아버지의 죽음은 그렇게 비극적이지만 않았어도, 분명 나를 냉소 짓게 했을 겁니다. 마리오가 세상에 나올 때 아버지는 이미 이틀이나 벽장에 갇혀 있었습니다. 아버지는 미친개한테 물렸는데, 처음엔 괜찮은 듯 보였지만 나중에는 누가 봐도 알 수 있을 정도로 몸을 심하게 떨었습니다. 엔그라시아 아주머니가 아버지의 눈빛만으로도 어머니가 유산할 수 있다는 사실을 우리에게 깨우쳐 주었는데, 우리는 다른 방법이 없었기에 몇몇 이웃들의 도움을 받아 불쌍한 아버지를 벽장속에 가두어 놓고는 무척이나 주의를 기울였습니다. 왜냐하면 아버지는 만일 누구라도 걸려든다면 팔이라도 끊어 버릴 듯이 물어뜯어 댔기 때문이었습니다. 아직도 그때를 생각하면 마음이 아프고 무섭습니다. ……그를 진정시키기 위해 우리 모두가 얼마나 고생했는지 모른다고요! 아버지는 사자처럼 발길질해 대며 우리를 모두 죽여 버리겠다고 맹세했습니다. 만일 하느님이 허락하신다면 정말로 그렇게 할 만큼 눈빛도 불타올랐습니다. 이미 말했듯, 우리는 이틀 동안 아버지를 감금해 놓았는데, 아버지가 하도 소리를 지르고 문을 걷어차 대서 나무판자 몇 개로 벽장문을 막아 놔야 했지요. 아버지의 발광에 어머니의 고함까지 더해졌으니, 질겁한 마리오가 미련통이로 태어나지 않았다면 그게 더 이상할 뻔했습니다. 아버지는 다음 날 밤이 돼서야 잠잠해졌습니다. 주현절(主顯節) 밤이었지요. 아버지가 죽었다고 판단해 시신을 끄집어내러 갔던 우리는, 지옥에라도 들어간 것처럼 두려움에 가득 찬 얼굴을 바닥에 대고 있는 아버지를 발견했습니다. 울 줄 알았던 어머니가 오히려 웃어 버려서, 나는 또한 놀랐지요. 시체를 보고 왈칵 나오려던 눈물을 삼킬 도리밖에 없었습니다. 아버지는 피가 흥건하게 고인 두 눈을 부릅뜨고, 반쯤 벌어진 입 밖으로 검붉은 혀를 절반 정도 내밀고 있었지요. 아버지를 매장할 때 마누엘 신부가 나에게 설교를 늘어놓았습니다. 그가 한 얘기가 많이 기억나지는 않지만 그는 저승과 하늘, 지옥, 성모마리아에 대해 말했고, 또 내 아버지에 대한 추억에 대해서도 말했습니다. 내가 아버지에 대한 추억은 기억하지 않는 게 최선이라고 말하려 하자 마누엘 신부는 내 머리에 안수하며, 죽음은 사람들을 한 왕국에서 다른 왕국으로 데려간다고, 우리가 하느님께 심판받기 위해 죽음이 데려가는 이를 증오한다면, 죽음은 우리를 크게 질투할 거라고 말했지요. 아니, 그렇게 말하지 않았습니다. 그는 매우 정확하고 빈틈없는 단어로 말했지요. 하지만 그가 내게 말하려던 건 내가 써 놓은 것과 크게 다르지 않습니다. 그날 이후 나는 마누엘 신부를 볼 때마다 그에게 인사하고 그의 손에 입을 맞추었습니다. 그러나 결혼을 한 후 마누라가 그걸 보고는 호모 같다고 말했는데, 그도 그럴 법해서 나는 더 이상 신부에게 인사할 수 없게 되었습니다. 나중에 마누엘 신부가 나에 대해 '퇴비장의 장미' 같다는 식으로 말했다는 사실을 알게 됐을 때 내가 얼마나 신부를 죽이고 싶어 했는지는 하느님만이 아실 겁니다. 그 후 그 일에 대해서는 잊고 살았지요. 내가 비록 천성이 난폭하지만 그 일만큼은 금세 잊어버리고 말았는데, 잘 생각해 보니 나는 어떤 일도 제대로 이해한 적이 없었던 것 같았기 때문이죠. 어쩌면 마누엘 신부는 아무 말도 안 했을 수도 있고 ─ 사람들이 하는 말을 모두 믿어서는 안 되겠죠. ─ 설사 그가 그런 말을 했다고 해도…… 그가 하려던 말이 무슨 뜻인지 누가 알겠습니까? 또 그의 말이 내가 이해한 대로가 아닐지 누가 알겠느냐고요!

만일 마리오가 이 눈물의 계곡을 떠날 때 어떤 감각이라도 있었더라면, 확신컨대 그렇게 흡족한 상태로 떠나가지는 않았을 겁니다. 그 애는 우리와 얼마 살지 못했습니다. 녀석은 마치 자기를 기다리는 혈육의 냄새를 맡고도 림보*의 죄 없는 이들과 함께 있고 싶어 피붙이들을 포기하는 것 같았지요. 녀석이 제 길을 갔다는 걸 하느님은 잘 아실 겁니다! 세월이 가면서 녀석의 고통도 얼마나 커졌는지! 우리를 떠났을 때 녀석은 열 살도 채 되지 않았습니다. 녀석이 받았을 그 많은 고통에 비하면 적은 나이였을지 모르지만, 충분히 말하거나 걸을 수 있는 나이였는데도 녀석은 아직 그러질 못했지요. 마리오는 뱀처럼 바닥을 기어 다녔고, 목과 코로 고작 쥐 새끼 같은 소리나 냈을 뿐입니다. 그게 그 애가 유일하게 배운 것이었으니까요. 녀

---

* 원죄 상태로 죽었으나 죄를 짓지 않은 이들이 머무는 사후 세계.

석이 태어나고 얼마 지나지 않아, 우리 모두는 그 불쌍한 놈이 바보로 태어났고 또 바보로 죽을 거라는 사실을 알았습니다. 입안에 첫 번째 뼈다귀가 나오는 데 1년 반이 걸렸는데 그 첫 이는 제자리가 아니라 너무나 이상한 곳에 났지요. 그래서 여러 번에 걸쳐 우리를 도와주었던 엔그라시아 아주머니는 그게 혀를 뚫어 버리지 않게 하려고 실로 뽑아야만 했습니다. 이를 뺄 때 피를 너무 많이 삼켜서인지, 바로 그즈음 녀석은 홍역에 걸리고, 또 똥꼬 부분(안 될 말이지만)에 두드러기가 나서 엉덩이 껍질이 벗겨지고, 피부 다른 부분도 가래톳이 생겨 고름과 오줌으로 범벅이 되어 버렸지요. 식초와 소금으로 상처 부위를 치료할 때 녀석이 얼마나 울며불며 눈물을 뽑아내던지 심장에 철판을 깐 사람도 마음이 약해질 지경이었습니다. 녀석은 자신이 가장 관심 있어 하던 병을 가지고 놀거나, 몸을 회복하기 위해 마당 또는 길 어귀에서 햇볕을 쬐며 어느 정도 평온한 시간을 보냈습니다. 그렇게 그 죄 없는 놈은 그럭저럭 살고 있었는데, 녀석이 네 살이 되던 어느 날 운명은 너무도 매정하게 그에게서 등을 돌려 버렸지요. 꿀꿀이 새끼(안 될 말이지만) 한 마리가 녀석의 두 귀를 모두 먹어 치워 버린 것입니다. 녀석이 그걸 원하거나 찾아다녔던 것도 아니고, 또 누굴 귀찮게 한다든지 하느님을 시험하지도 않았는데 말입니다. 약사인 돈 라이문도가 약 같은 노란 가루를 녀석에게 발라 주고 나서는, 귀도 없이 약 가루로 누르스름해진 그 애를 보는 것이 고역이었죠. 이웃 아주머니들은 누구나 녀석을 불쌍해하며 먹을 것을 갖다 주었는데, 일요일에 추로*를 가져다주는 이들이 가장 많았고, 아몬드나 기름에 절인 올리브 또는 초리소**를 조금 가져

오는 이들도 있었습니다. 가엾은 마리오! 녀석은 그 작고 까만 두 눈으로 얼마나 그런 위로에 고마워했던지요! 그때까지도 불행하게 지냈지만, 꿀꿀이 새끼(안 될 말이지만) 사건이 있은 후에는 훨씬 더 지독한 불행이 그 애를 기다리고 있었습니다. 녀석은 버려진 아이처럼 울며불며 밤낮을 보냈지요. 그런데 녀석에게 필요했던 어머니의 알량한 인내는 이내 고갈돼 버려, 놈은 바닥에 팽개쳐진 채 던져 주는 것을 먹으며 거지꼴로 몇 달을 보냈습니다. 녀석이 하도 더러워서, 거짓말 안 하고, 한 번도 제대로 씻어 본 적이 없는 나 같은 놈도 역겨울 정도였습니다. 그러다가 꿀꿀이 새끼(안 될 말이지만)가 보이면, 그건 원치 않아도 그 지방에서는 하루에도 몇 번이고 일어나는 일인데도, 녀석은 울화가 치밀어서인지 미친놈처럼 변해서 평소보다 훨씬 크게 죽기 살기로 고함을 질러 대며 숨을 곳을 찾아다녔습니다. 녀석의 얼굴과 두 눈에 비친 두려움을 보며 나는 루시퍼가 지옥에서 지상으로 올라온 게 아닐까 하고 의심할 정도였지요.

일요일이었던 어느 날이 기억나는군요. 속으로 분노를 품으면서도 겉으로는 두려움에 떨던 그 많은 날들 중 어느 날 마리오는 도망을 다니다가, 그날따라 왜 그랬는지 모르겠지만, 집에 와 있던 라파엘을 공격했습니다. 그 작자는 아버지가 죽은 후로 우리 집을 마치 제집인 양 들락거리고 있었거든요. 가엾은 마리오는 그 늙은 놈 다리를 물어 버리는 것밖에 생각나지 않았겠지만 그것조차 할 수 없었습니다. 왜냐하면 라파엘

---

* 아침 식사나 간식으로 먹는 스페인 음식.
** 스페인식 소시지.

이 다른 쪽 다리로 마리오의 수많은 상처 중 한 군데를 걷어차 녀석은 의식을 잃고 뻗어 버렸거든요. 녀석이 피를 많이 쏟아, 나는 그 애 몸속에 피가 고갈되는 줄 알았지요. 그 모습을 보고 그 늙은 새끼는 무슨 대단한 무훈이라도 세운 양 웃어 댔고, 나는 그날 이후 놈을 증오하게 되었습니다. 내 명예를 걸고 맹세하건대, 만일 하느님이 놈을 내 손이 닿지 않는 곳으로 데려가지 않았다면, 기회를 잡자마자 놈을 보내 버렸을 겁니다.

녀석이 쭉 뻗어 있는데도 어머니는 ── 선생님께 분명히 말하는데, 나는 그때 어머니가 그렇게 개차반인 걸 보고는 정말 놀랐습니다. ── 녀석을 거두어들이지 않고 라파엘과 장단을 맞추며 웃어 댔습니다. 하느님도 아시겠지만, 나는 마리오를 일으켜 세우고 싶었지만, 그러지 않는 쪽을 택했습니다. ······만일 그때 라파엘이 나를 겁쟁이라고 불렀다면 어머니 면전에서 놈을 끝장내 버렸을 겁니다.

나는 그 일을 잊으려고 집을 나와 이 집 저 집 돌아다녔습니다. 길에서 우연히 누이를 만나 ── 로사리오는 그때 우리 마을에 있었지요. 집에서 있었던 일을 얘기해 주었더니 그녀의 두 눈에서 증오가 일더군요. 그걸 보면서 나는 그 애가 보통내기가 아닐 거란 생각을 했지요. 또 왠지 모르겠지만 나는 그 싸가지가 떠올랐고 언제고 누이가 그놈을 그런 눈으로 쳐다볼 거라 생각하자 웃음이 났습니다.

그 일이 있고 두 시간쯤 지나 우리가 집에 돌아올 무렵 라파엘은 집을 나서고 있었습니다. 마리오는 내가 내버려 둔 바로 그 자리에서 땅바닥에 입을 대고 계속 신음하면서 뻗어 있었는데, 시퍼렇게 멍든 상처 때문에 사순절 광대보다도 더 불쌍해 보였지요. 나는 누이가 한판 크게 싸울 거라고 생각했지만, 누이는 마리오를 땅바닥에서 일으켜 나무 상자에 뉘어 놓았습니다. 그날 하늘 같은 푸른빛 옷을 입은 로사리오는 그 어느 때보다 아름다워 보였습니다. 성격은 거칠지만 누이에게는 모성애가 있었습니다. 아이를 낳은 일은 그 전에도 그 후에도 없었지만 말입니다…….

라파엘이 나가자, 어머니는 마리오를 안아 무릎 위에 놓고는 어르며 암캐가 새끼들을 핥아 주듯 밤새도록 마리오의 상처를 핥아 주었습니다. 아이는 어머니의 사랑을 받으면서 미소를 짓고 있었죠. ……잠이 들었는데도 그 애의 입가에는 아직도 미소의 흔적이 남아 있었고요. 분명 그날 밤이 내가 마리오의 웃는 모습을 본 유일한 날이었습니다.

5장

그 뒤로 불쾌한 일 없이 얼마간 시간이 흘러갔습니다. 하지만 운명의 치근거림을 당하는 이는 땅속에 숨어도 소용없듯, 어느 날 아무리 해도 찾을 수 없었던 마리오 녀석이 기름 항아리에 빠져 죽은 채 발견됐습니다. 로사리오가 녀석을 발견했는데, 녀석은 바람에 떨어진 도둑올빼미 모습이었습니다. 항아리에 거꾸로 빠져서는 바닥에 코를 박고 있었지요. 우리가 일으켜 세웠을 때, 녀석의 입에서는 기름 줄기가 금맥처럼 흘러서 배에 감겼습니다. 또 살아 있을 때는 늘 불 꺼진 재의 빛깔 같았던 머리카락은 죽음에서 금세 부활할 것 같은 생각이 들 정도로 생기 있게 빛났지요. 이게 마리오의 죽음에 대해 내가 기억하는, 이상한 것의 전부입니다······.

어머니는 아들의 죽음에도 역시 울지 않았습니다. 그 어린 것의 불행을 위해 흘릴 눈물조차 남아 있지 않을 만큼 심장이 굳어 버린 여자, 그 여자가 내 어머니였습니다. 나는 로사리오가 그랬듯 울어 버렸는데, 그것에 대해서는 지금도 부끄럽게 생각하지 않습니다. 그러면서 나는 어머니에게 증오를 느꼈습니다. 그 증오심이 너무도 빨리 커져서 나 자신에 대해 두려움을 느낄 정도였지요. 울지 않는 여자는 물이 솟아나지 않는 샘과 같아 아무짝에도 쓸모가 없답니다! 혹은 노래하지 않는 하늘의 새와 같아, 하느님이 원하신다면, 날개가 떨어져 버릴 테지요! 들짐승들이 그걸 필요로 하니까 말입니다!

많은 생각이 떠오르는군요. 사실을 말하자면, 내가 어머니에 대해 먼저 존경심을 잃고, 세월이 지나면서 애정과 예의마저 잃어버렸던 동기에 대해 여러 번 생각해 왔고, 지금까지도 생각해 봅니다. 내가 언제부터 마음속에서 그녀를 어머니로 생각하지 않았으며, 또 언제부터 우리가 서로 원수가 되었는지를 분명히 해 두고 싶었기 때문입니다. 우리는 어쩌면 불구대천의 원수가 되었는데 같은 핏줄에 대한 원한보다 더한 원한이 없거든요. 증오란 자기와 비슷한 사람을 향할 때만큼 지독할 수 없고 또 그런 경우에야 철천지원수가 되는 거지요. 많은 생각을 하고서도 아무것도 분명해지지 않았지만, 이미 오래전에 어머니에 대한 존경심을 잃었다는 사실만은 인정하게 되었습니다. 그녀에게서 본받을 만한 미덕도, 흉내 내고 싶은 하느님의 선물도 발견하지 못하고, 오히려 내 가슴에 다 담을 수 없는 거대한 사악함만을 보았을 때, 어머니에 대한 존경심은 내 마음을 떠난 것이었지요. 어머니를 증오하는 것, 말 그대로 그녀를 증오하게 되는 데는 시간이 걸렸습니다. 사랑이든 증오든 하루아침에 이루어지는 건 아니니까요. 어머니를 증오하게 된 게 마리오가 죽었을 때 즈음이라고 한다면 그리 틀리지 않을 겁니다.

녀석이 기름 범벅이 된 채로 하늘에 심판받으러 가지 않도록 우리는 리넨 천으로 몸을 닦아 주어야 했습니다. 또 집에 있던 옥양목으로 잘 감싸고, 내가 마을까지 가서 찾아낸 샌들을 신기고, 제비꽃 색깔의 천으로 넥타이를 만들어 목에 매어 주니 마치 순진한 나비 한 마리가 시체 위에 앉은 것 같았지요. 살아 있을 때는 그토록 무자비하게 굴더니만 애가 죽으니 그래도 가여웠는지 라파엘은 관 만드는 일을 거들어 주었습니다. 그놈은 지가 마치 어머니 애인이라도 되는 듯 폼을 잡으며 못이나 나무판자 또는 백연(白鉛) 통을 들고 부지런히 이쪽저쪽을 왔다갔다 거렸습니다. 나는 그놈이 부지런 떨며 우쭐거리는 것을 지켜보았지요. 왜냐하면, 왜 그런지는 모르겠지만, 그때나 지금이나 놈이 내심 그 일을 즐긴다는 생각이 들었거든요. 그가 딴 데 정신이 팔린 듯한 몸짓을 하며 "하느님은 그 애를 사랑하셨어! 아기 천사는 천당으로 가는 법이지……!"라고 말할 때 내 마음은 참 착잡했는데, 지금도 그때 내가 보았던 일을 재구성하는 것은 적응이 안 돼 힘이 듭니다. 이후에도 그 자식은 나무판자에 못을 박거나 페인트칠을 하는 동안 노래 후렴처럼 그 말을 반복해서 중얼거렸습니다.

"아기 천사는 천당으로 가는 법이지! 아기 천사는 천당으로 가는 법이야……!" 그런데 놈이 한 그 말은 마치 내 안에 괘종시계라도 있는 것처럼 내 심장을 두드렸습니다. 결국은 내 가슴을 찢어 놓고야 말 시계 말입니다. 그건 놈이 조금씩 조금씩 조심스럽게 뱉은 말을 따라 움직이는 시계, 뱀 눈깔같이 파랗고 축축하며 쭉 찢어진 놈의 눈을 따라 움직이는 시계였습니다. 그 두 눈이 나의 환심을 사려고 나를 바라볼 때, 놈을 향한 극도로 숨 막히는 증오만이 내 혈관을 흐르고 있었지요. 그때를 떠올리니 역겹습니다.

"아기 천사는 천당으로 가는 법이지! 아기 천사는 천당으로 가는 법이야!"

호래자식 같으니라고! 그 불여우 같은 놈이 쇼하는 꼴이라니! 다른 이야기를 해야겠습니다.

사실 난 아무것도 모릅니다. 왜냐하면 그것에 대해서, 천사들이 어떤 모습일까에 대해서 한 번도 진지하게 생각해 본 적이 없으니 말입니다. 다만 나는 천사들이 금발에 푸른빛이나 분홍빛 긴 치마를 입을 거라고 상상하던 때도 있었고, 또 구름처럼 희고 밀대처럼 가냘플 거라고 생각해 본 때도 있었지요. 하지만 분명하게 말할 수 있는 건 나는 항상 그들이 내 동생 마리오와는 아주 다른 모습일 거라고 생각했다는 겁니다. 그렇기 때문에 나는 라파엘의 말 뒤에는 놈의 추잡함에 걸맞은 사악하고 우회적인 의도와 꿍꿍이가 있다고 생각하게 되었지요.

마리오의 장례식은 몇 년 전 있었던 아버지 장례식처럼 초라하고 지루했습니다. 관 뒤 행렬은, 과장하지 않고 말하건대 대여섯 명뿐이었지요. 마누엘 신부, 미사를 거드는 꼬마 산티아고, 롤라, 그리고 서너 명의 노파와 나였습니다. 맨 앞에 십자가를 든 산티아고가 나지막이 휘파람을 불며 돌멩이를 툭툭 걸어차며 가고, 그 뒤에 관이 따라가고, 그 뒤에는 사제복 위에 하얀 가사 같은 것을 둘러 이발사처럼 보이는 마누엘 신부가 갔습니다. 그리고 그 뒤에 흐느끼며 탄식하는 노파들이 따랐는데, 그 노파들을 본 사람이라면 그들 모두가 자식을 묻으러 가는 어머니라고 생각했을 겁니다.

그 당시 롤라는 반쯤 내 애인이었습니다. 내가 반쯤이라고 말하는 것은 다름이 아니라, 사실 우리가 애정을 갖고 서로를 바라볼 때조차도 내가 그녀에게 사랑을 표현하지 못했기 때문이지요. 그녀가 나를 무시할지도 모른다는 두려움도 있었고, 내가 마음을 정하고 그녀가 여러 번 내 사정권에 들어온 후로도 내 소심함 탓에 질질 끌고 있어, 그 일은 이미 필요 이상으로 늦어지고 있었습니다. 그때 내 나이가 스물여덟이나 서른 정도 됐을 겁니다. 그녀는 로사리오보다 좀 어리니까 스물하나나 스물둘 정도였고요. 그녀는 키가 컸고 갈색 피부에 머리카락은 검은색이었죠. 두 눈은 너무도 깊고 새까매서 바라보면 상처를 입을 것 같았고요. 단단하고 탄력 있는 피부는 건강해 보이고 또 외모가 대단히 성숙해 보여서 누구라도 그녀를 어머니처럼 농익은 여자로 생각했을 겁니다. 그렇지만 다른 이야기에 빠져 잊어버리기 전에 선생님께 말하고 싶은 온전한 사실이 있는데, 그건 그 당시만 해도 그녀는 태어날 때처럼 순수했고 수녀처럼 남자를 알지 못했다는 겁니다. 그것이 바로 그녀에 대한 오해를 막기 위해 내가 강조하고 싶은 점입니다. 나중에 그녀가 한 일이야 그녀의 양심에 달린 거지만 — 하느님만이 전모를 아시겠죠. — 확신하건대 당시에 그녀는 음탕한 것과는 조금도 상관이 없었습니다. 만일 그녀가 그 반대였다는 것을 누군가 증명한다면 나는 조금도 주저하지 않고 내 영혼을 악마에게 바치겠습니다. 그녀는 당당하고 자신감에 차 있었으며, 매우 대담한 데다 다소 오만하기까지 해서 도저히 가난한 시골 처녀 같아 보이지 않았지요. 그녀는 머리를 두툼하게 땋아 위엄 있어 보였는데, 몇 달 후 내가 남편이 되어 그녀를 마음대로 할 수 있게 되었을 때, 나는 그 머리채로 내 뺨을 때리는 걸 좋아했습니다. 그 부드러움과 향기는 태양과 백리향, 그리고 얼굴이 달아오를 때 입언저리에 맺히던 식은 땀방울 같았습니다.

다시 하던 얘기로 돌아가면, 장례식은 간단하게 끝났습니다. 묘 구덩이는 이미 파 놓았기 때문에 그 안에 동생을 집어넣고 흙으로 덮기만 하면 됐으니까요. 마누엘 신부가 라틴어로 몇 마디 기도를 했고 여자들은 무릎을 꿇었지요. 롤라가 무릎을 꿇었을 때 검은 스타킹 속으로 하얗고 모르시야*처럼 팽팽한 다리가 보였습니다. 좀 창피하고 쉽지 않지만 하느님께서 이렇게 말하는 것을 내 영혼을 구원하는 데 써 주시기를 바라며 고백하자면, 나는 그때 내 동생의 죽음을 기뻐했습니다. 롤라의 두 다리가 은처럼 빛나, 내 이마에서는 피가 튀어 오르고 심장은 가슴을 뚫고 터져 나올 듯했습니다.

마누엘 신부가 떠나는 것도, 노파들이 떠나는 것도 보지 못했습니다. 다시 정신이 들었을 때, 나는 마리오의 주검이 갓 덮인 흙더미 위에 멍하니 앉아 있었지요. 내가 왜 그곳에 남아 있었는지 또 얼마나 그렇게 있었는지 도통 알 수 없었습니다. 이마에서 계속해서 피가 튀어 올랐다는 것과 여전히 심장이 터질 것 같았다는 것만 기억나는군요. 해가 저물어, 마지막 빛줄기들이 내 유일한 동반자인 슬픈 사이프러스 위에 걸려 있었

---

* 스페인식 순대.

지요. 날이 더웠습니다. 몇 번의 경련이 온몸을 훑고 지나갔습니다. 나는 마치 늑대의 시선에 꼼짝 못하듯 움직일 수가 없었습니다.

그런데 내 곁에 롤라가 서 있었습니다. 그녀의 가슴은 숨소리에 맞춰 오르락내리락하고 있었지요…….

"그런데 여기서 뭐 해?"

"보면 몰라요?"

"여기서 뭐 하느냐고?"

"그냥…… 아무것도요! 여기서 그냥…….."

나는 일어서서 그녀의 한쪽 팔을 잡았습니다.

"여기서 뭐 하느냐고?"

"아무것도 아니라니까요! 보면 몰라요? 아무것도 안 해요!"

롤라는 사나운 눈초리로 나를 바라보았습니다. 그녀의 목소리는 저세상의 소리 같았고 유령 목소리처럼 낮고 음산했지요.

"당신은 죽은 당신 동생 같군요!"

"내가?"

"그래요! 당신 말예요!"

* * * * * *

격렬한 싸움이었습니다. 땅바닥에 쓰러져 꼼짝 못하는 그녀는 그 어느 때보다 더 아름다웠지요. 그녀의 가슴은 갈수록 더 빠르게 오르락내리락했습니다. 나는 그녀의 머리카락을 붙잡아 그녀를 바닥에서 꼼짝 못하게 했습니다. 그녀는 몸부림치며 달아나려고 했고요…….

* * * * * *

"당신이 원했던 게 이거예요?"

"응!"

롤라는 가지런한 이를 드러내며 미소 지었지요. ……그러고는 내 머리를 쓸어 올려 주었습니다.

"당신은 죽은 당신 동생과 다르군요! ……당신은 사내예요……!"

그녀의 입술에는 몇 마디 말이 울려 퍼질 듯 남아 있습니다.

"당신은 사내예요! ……당신은 사내라고요……!"

땅바닥은 부드러웠지요. 지금도 기억이 생생합니다. 그 땅에는 내 죽은 동생을 위한 양귀비 몇 송이가 피어 있었습니다. 핏방울처럼 말입니다…….

"당신은 당신 동생과 달라요! ……당신은 사내예요……!"

"나를 사랑하나?"

"네!"

6장

　여기까지 쓰고 나서 하느님께서는 보름의 시간이 흐르도록
하셨습니다. 그동안 몇 차례 변호사가 방문해 조서를 꾸미고,
또 한편으로는 내가 새로운 곳으로 거처를 옮기게 되어 도저
히 펜을 잡을 쩜을 내지 못했던 것이지요. 아직 많지 않은 이
원고 뭉치를 지금 다시 읽어 보니 머릿속에서 아주 여러 가지
생각이 조바심과 현기증에 뒤섞여 아무리 생각해도 무엇을 써
야 할지 모르겠군요. 지금까지 많은 불행한 사건들을 이야기해
왔는데, 선생님도 보게 될 테지만 아직도 남아 있는 더 불행한
일들에 대해 이야기하면 힘이 쭉 빠져 버릴 겁니다. 내 삶의 모
든 사건들이 ─ 엿 같게도 그 사건들이 있었던 때로 되돌아
갈 방법이 없군요. ─ 흑판에 글씨가 쓰이는 것처럼 선명하게
종이 위에 쓰이는 이 순간에, 내 기억이 어느 정도로 정확하게
기록될 수 있을지 생각하면 두렵기도 하지요. 내가 요 며칠 사
이에 기억해 내려고 애쓰는 것이 몇 해 전에만 생각났더라면,

이 시간에 쪽방에서 글을 쓰는 대신 마당에서 햇볕을 쬐거나 도랑에서 뱀장어를 잡거나 산에서 토끼를 뒤쫓고 있을 거라고 생각하니 우습네요. 하느님께서도 잘 알고 계시겠지만, 서글프기도 하고요! 아마 어떤 것이든 대부분의 사람이 별생각 없이 하는 그런 일을 하고 있겠죠! 또 대부분의 사람이 그것이 자유인 줄도 모르는 채로 자유롭듯이 나도 자유로울 겁니다. 대부분의 사람이 그렇듯 — 그들은 남은 시간을 여유롭게 쓸 수 있다는 사실을 모르지요. — 앞으로 몇 년을 더 살지 모르고 살아갈 거고요…….

새로 이감된 곳은 전에 있던 곳보다 낫군요. 창밖에는 거실처럼 잘 관리된 깔끔하고 작은 정원이 보이고, 그 정원 너머부터 산 아래까지는 사람의 피부 같은 갈색 평원이 펼쳐져 있습니다. 때로 포르투갈로 가는 노새 떼와 오두막까지 총총걸음을 걷는 당나귀들, 그리고 우물가까지만 가는 여자들과 아이들이 그곳을 지나가지요.

나는 독방을 들락날락하는 공기로 호흡합니다. 아무것도 공기처럼 밖으로 나갈 수 없으니까요. 내일이나 또는 언젠가 지나가는 노새 몰이꾼이 바로 그 공기를 마실지도 모를 일이죠. 나는 알록달록한 나비가 해바라기 주변에서 서툴게 춤추는 것을 봅니다. 그 나비는 내 독방으로 들어와 두 바퀴를 돌고는 나가는데, 아무것도 나비와 함께 나갈 수 없으니 그 나비가 교도소장의 베개 위에 앉을지 누가 알겠습니까……. 모자를 이용해 내가 먹다 남긴 것을 주워 먹던 쥐를 잡아서, 녀석을 한동안 관찰하다가 놓아줍니다. 그 쥐와 함께 나갈 수도 없으니까요. 그리고 녀석이 자기 쥐구멍에 숨기 위해 어떻게 살금살금

도망쳐 나가는지를 지켜봅니다. 놈은 잠시 동안만 감방에 있다가 그곳을 나서는 낯선 이가 ── 대개는 지옥으로 가기 위해 감방을 나서지요. ── 남긴 음식 찌꺼기를 먹기 위해 그 쥐구멍에서 나옵니다.

내가 요즈음 슬픔과 고뇌에 사로잡혀 있다고 말한다면 안 믿으실지도 모르겠군요. 분명히 말하는데 내 회개는 그 어느 성자의 것보다 못하지 않습니다. 선생님께서 나에 대해 알고 있을 사실과 지금 나에 대한 평판이 너무나도 안 좋은 것들이라서 내 말을 안 믿으실지도 모르겠습니다. 하지만 그럼에도 불구하고…… 그저 선생님께 이야기하고 싶어서 이런 말을 하는 겁니다. 내 말을 이해하실지도 모른다는 생각, 내 명예를 걸지 않아도 ── 내 명예를 걸어 봐야 별 볼 일 없으니까요. ── 선생님께 맹세한 것을 믿어 주실 거라는 생각을 머릿속에서 떨칠 수가 없어서 말예요. 심장이 피 대신 쓰디쓴 액체를 만들어 내는지 목구멍까지 쓴맛이 치밀어 오르는군요. 그것은 내 가슴을 오르락내리락하며 입천장에 쓴 뒷맛을 남기고, 그 향으로 혀를 적시며, 묘 구덩이의 공기처럼 괴롭고 사악한 공기로 내 오장육부를 말려 죽이려는 듯합니다.

잠시 글 쓰는 걸 중단했습니다. 한 20분 정도, 아니면 한 시간, 혹 두 시간일지도 모르겠군요. 오솔길을 따라 ── 창문 밖으로 얼마나 잘 보이던지요! ── 몇 사람이 길을 가고 있었습니다. 아마도 그들은 내가 자신들을 바라보고 있다고는 생각조차 못 했을 겁니다. 자연스럽게 가더군요. 두 남자와 한 여자, 그리고 꼬마 하나가 오솔길을 유쾌한 듯 걸었습니다. 남자들은 둘 다 서른 정도 돼 보였고, 여자는 그것보다 좀 적어 보였죠. 꼬마는 여섯 살을 넘지 않았을 겁니다. 그 아이는 배꼽이 드러나는 셔츠를 입고 맨발로 관목들 사이를 산양처럼 깡충깡충 뛰어다녔습니다. 종종걸음으로 몇 걸음 가더니 멈춰 서서 지나가는 새에게 돌을 던지더군요. ……전혀 닮지 않았는데도 그 꼬마가 어찌나 내 동생 마리오를 생각나게 하던지요!

여자는 꼬마의 엄마 같았습니다. 여느 여자들처럼 갈색 피부에 온몸이 즐거움으로 가득 차서, 누구라도 그녀를 바라보면 행복을 느낄 정도였지요. 내 어머니와는 아주 딴판이었는데 왜 나는 그녀를 보니 어머니 생각이 났을까요?

선생님, 용서해 주세요. 하지만 더 이상 계속 쓸 수가 없습니다. 울음이 터져 버릴 것 같거든요. ……선생님도 나만큼이나 잘 아시겠지만, 자존심 있는 남자라면 계집애들처럼 눈물이 흐르도록 해서는 안 되니까요.

내 얘기를 계속하겠습니다. 슬픈 이야기지요. 그건 나도 잘 압니다. 하지만 더 슬픈 건 그 이야기를 이렇게 철학적으로 생각하는 것입니다. 내 심장은 그런 것에 맞지 않거든요. 심장은 고작 칼침 몇 방에 쏟아질 피를 만드는 기계에 불과하니까요…….

7장

롤라와의 관계는 선생님께서 상상할 수 있으실 그런 과정을 거치며 계속되었습니다. 시간이 흘러 마리오의 장례식을 한 지 다섯 달이 조금 못 되었을 때 나는 별로 뜻밖의 일도 아닌 일에 놀랐지요. 세상일이란 원래 그런 거잖아요.

11월 성 카를로스 축제일이었지요. 나는 몇 달 전부터 매일 그래 왔듯, 롤라의 집으로 갔습니다. 그녀의 어머니는 여느 때와 다름없이 내가 오자 일어나서 나가 버렸지요. 내 애인은 좀 창백하고 심상찮아 보였는데, 나중에야 그 사실을 알게 되었습니다. 아마 울었던 것 같더군요. 엄청난 고통으로 괴로웠던 듯이 말입니다. 우리는 그동안 긴 이야기를 나눠 본 적이 한 번도 없었지만, 그날따라 서로의 목소리에 놀란 것 같았지요. 귀뚜라미가 사람 발소리에 놀라고 메추라기가 사람 콧노래 소리에 놀란 듯 말예요. 무슨 말을 좀 하려고 하면 그때마다 그 말은 목구멍에 걸려서 토담처럼 말라붙어 버렸습니다.

"말하기 싫으면 하지 마."

"할게요!"

"그럼 말해 봐. 내가 못 하게 하던?"

"파스쿠알!"

"뭐!"

"그거 알아요?"

"뭘?"

"짐작도 못 해요?"

"응."

그 사실을 알아채는 데 그렇게 오래 걸렸던 걸 생각하면 지금도 웃음이 나네요.

"파스쿠알!"

"뭐!"

"나 임신했어요."

처음에는 그게 무슨 말인지 알아듣지 못했습니다. 당황스러웠고, 그 소식이 남 얘기처럼 느껴졌지요. 사람들이 말하던 그 일, 그토록 자연스러운 그 일이 내게 일어나리라곤 한 번도 상상해 본 적이 없었거든요. 그때 내가 무슨 생각을 했는지 모르겠어요.

피가 끓어올라 귓불이 숯불처럼 빨개질 만큼 뜨거웠고, 두 눈은 비눗물이 들어간 듯 아렸했습니다.

아마도 죽음과 같은 침묵이 적어도 10분 동안은 계속되었을 겁니다. 관자놀이를 통해 심장이 뛰는 게 느껴졌는데 괘종시계가 종을 치듯 정확하게 팔딱거렸지요. 나는 그걸 느끼는데도 시간이 좀 걸렸습니다.

롤라의 숨결은 피리를 통해 나오는 것 같았습니다.

"임신했다고?"

"그래요!"

롤라는 울음을 터뜨렸습니다. 하지만 그녀를 위로할 어떤 말도 생각나지 않았지요.

"바보같이 굴지 마. 죽는 사람도 있고…… 태어나는 사람도 있는 거야."

아마도 하느님은 그날 오후 내가 느꼈던 그 감미로움으로 지옥의 고통에서 숨통을 좀 트이게 해 주시려고 했던 모양입니다.

"그런데 뭐가 문제야? 당신 어머니도 당신을 낳기 전에 임신했을 테고…… 그리고 내 어머니도 그랬는데……."

나는 무언가를 말해 보려고 무진장 애썼습니다. 롤라가 두려워하고 있다는 걸 알아차렸거든요. 그녀는 마치 완전히 다른 사람 같았습니다.

"다 그런 거야. 알잖아. 걱정할 거 없어!"

나는 롤라의 배를 바라보았습니다. 그녀는 아무렇지도 않은 것 같았지요. 얼굴이 창백하고 머리카락이 헝클어진 그녀는 여느 때보다 더 아름다웠습니다.

나는 그녀에게 다가가 볼에 입을 맞추었지요. 그녀는 죽은 사람처럼 차가웠습니다. 롤라는 내가 입을 맞추도록 미소를 머금고 가만히 있었습니다. 그 미소는 옛날 순교자가 지었을 법한 미소였습니다.

"행복해?"

"네, 아주 행복해요!"

롤라는 미소를 거두고 내게 말했습니다.

"나를 좋아하죠? ……이래도요?"

"그럼, 롤라. ……그래도."

사실이었습니다. 그때 난 그녀를 사랑했거든요. 그녀는 젊었고 배 속에 아이를 잉태하고 있었죠. 내 아이를요. 나는 그때 그 아이를 잘 가르쳐서 쓸모 있는 사람으로 만들겠다는 환상을 품었습니다.

"우리 결혼하자, 롤라. 서류를 준비하자고. 이렇게 있을 수는 없어……."

"그래요."

롤라의 대답은 한숨처럼 들렸습니다.

"그리고 당신 어머니에게 내가 사내로서 할 일은 한다는 것을 보여 주고 싶어."

"엄마는 벌써 알아요……."

"아니, 몰라!"

내가 일어서야겠다고 생각했을 때는 이미 칠흑같이 어두운 밤이었습니다.

"당신 어머니를 불러."

"우리 엄마를요?"

"그래."

"뭐 하려요?"

"말하려고."

"이미 알아요."

"그렇겠지……. 하지만 내 입으로 말하고 싶어!"

롤라가 일어서서 — 어찌나 키가 크던지! — 밖으로 나갔습니다. 그녀가 부엌 기둥 옆을 지나갈 때의 모습은 정말 내 마음에 쏙 들었습니다.

잠시 후 그녀의 어머니가 들어왔습니다.

"뭘 하려는가?"

"이미 알잖아요?"

"자네가 그 애를 어떻게 했는지 봤겠지?"

"잘된 거죠."

"잘됐다고?"

"네, 잘된 거예요. 롤라도 나이가 있지 않습니까?"

그녀의 어머니는 잠자코 있었는데, 나는 그녀가 그렇게 유순했던 것을 본 적이 없는 것 같았습니다.

"말씀을 좀 드리고 싶습니다."

"무슨 말인가?"

"따님에 대해서요. 롤라와 결혼하겠습니다."

"당연히 그래야지. 완전히 결정한 거지?"

"그렇습니다."

"충분히 생각했는가?"

"네. 아주 많이요."

"이렇게 짧은 시간에?"

"시간은 충분했어요."

"그럼, 기다리게. 그 애를 부를 테니."

그녀는 나가서 시간이 많이 흐른 뒤에야 돌아왔습니다. 아마 모녀가 실랑이를 벌였나 봅니다. 그녀는 롤라의 손을 잡고 돌아왔죠.

"봐라. 너와 결혼하겠다는구나. 너도 결혼하고 싶으냐?"

"네."

"좋아, 좋아. ……파스쿠알은 좋은 청년이지. 난 벌써 이렇게 될 줄 알았단다. ……너희들 뭐 하고 있어? 입을 맞추지 않고!"

"벌써 했어요."

"그럼 또 해 보게. 자 어서, 내가 좀 보게."

나는 롤라에게 다가가 그녀에게 입을 맞추었습니다. 그녀의 어머니가 있는 것도 전혀 아랑곳하지 않고 온 힘을 다해 그녀를 내 쪽으로 당겨서는 열정적으로 입을 맞추었지요. 그렇지만 그 허락받은 첫 키스는 이미 너무 아득해진, 묘지에서 했던 키스에 훨씬 못 미치는 것이었습니다.

"여기서 자도 될까요?"

"그래, 그렇게 하게나."

"안 돼요, 파스쿠알. 가세요. 아직은 그러면 안 돼요."

"괜찮다, 얘야. 괜찮아. 있으라고 하려무나. 네 남편 될 사람 아니니?"

나는 그 집에 남아 그녀와 함께 밤을 보냈습니다.

다음 날 아침 일찍 성당으로 가서 성기실(聖器室)에 들어갔지요. 그곳에는 마누엘 신부가 미사 준비를 하고 있더군요. 그 미사는 돈 헤수스와 그의 부인, 그리고 두세 명의 노파를 위한 것이었습니다. 내가 온 걸 보고 그는 깜짝 놀라더군요.

"자네가 여기 웬일인가?"

"마누엘 신부님, 보시다시피 신부님과 얘기를 좀 하러 왔습니다."

"시간이 꽤 걸리는 얘기인가?"

"네, 신부님."

"미사 끝날 때까지 기다릴 수 있겠나?"

"네, 신부님. 급하지는 않습니다."

"그럼, 좀 기다려 주게나."

마누엘 신부는 성기실 문을 열고 긴 의자 하나를 가리켰습니다. 그건 여느 성당에나 있을 법한, 페인트칠도 하지 않고 돌처럼 차갑고 단단한 나무 의자였지요. 하지만 사람들은 때로 그런 의자에서도 아주 즐거운 시간을 보내기도 합니다.

"거기 앉게. 돈 헤수스가 무릎을 꿇거든, 자네도 무릎을 꿇게. 돈 헤수스가 일어나면, 자네도 일어나고. 또 돈 헤수스가 앉거든 자네도 앉고……."

"네, 신부님."

그 미사는 다른 미사들처럼 대략 30분이 걸렸지만, 그 30분이 내게는 순식간에 지나가 버린 듯했죠.

미사가 끝나자 나는 성기실로 다시 돌아갔습니다. 마누엘 신부가 옷을 갈아입고 있었지요.

"말해 보게."

"신부님도 아시겠지만…… 결혼을 하려고요."

"아주 좋은 생각이군, 아주 좋은 생각이야. 그렇게 하라고 하느님은 남자와 여자를 창조하신 거라네. 인류의 영속을 위해서 말이야."

"네, 신부님."

"좋아, 좋아. 그런데 누구하고 할 건가? 롤라하고?"

"네, 신부님."

"오랫동안 생각한 거지?"

"그렇지는 않아요, 신부님. 어저께……."

"어제라고? 겨우 어제 생각해 낸 거라고?"

"네. 어제 그녀가 그 얘기를 했거든요."

"무슨 일이 있었나?"

"네."

"임신했나?"

"네, 신부님. 임신했어요."

"그럼, 그래야지. 결혼하는 게 최선이야. 하느님은 자네들이 한 모든 걸 다 용서해 주실 거야. 또 사람들 이목도 고려해야 하니까. 결혼하지 않고 낳은 아이는 죄악이자 수치스러운 일이지. 기독교적으로 결혼한 부모에게서 태어난 아이는 하느님의 축복이고. 내가 서류를 준비해 주지. 그런데 자네들 사촌 간인가?"

"아녜요, 신부님."

"잘됐군. 보름 후에 여기로 오게나. 내가 그동안 모든 걸 다 준비해 두지."

"네, 신부님."

"그런데 지금은 어딜 가나?"

"아시다시피 일하러 갑니다!"

"그 전에 고해를 하지 않겠나?"

"해야죠⋯⋯."

나는 고해를 했습니다. 그러자 마치 더운물로 목욕한 듯 부드럽게 몸이 풀어져 버렸습니다.

8장

 그로부터 한 달이 조금 더 지난 12월 12일은 과달루페 성녀의 축일로 그해에는 수요일이었습니다. 바로 그날 롤라와 나는 교회법이 요구하는 모든 절차에 따라 결혼했습니다.

 나는 앞으로 걸어가야 할 길에 대해 다소 두려워하고 — 결혼은 아주 진지한 것이니까요! 빌어먹을! — 깊이 생각하며 걱정스러운 나날을 보냈습니다. 나는 자신이 없고 의심마저 생겼는데, 선생님께 분명히 말씀드릴 수 있는 건, 그때 모든 걸 그만두고 원점으로 돌아갈 수도 있었다는 겁니다. 하지만 그렇게 하지 않았던 이유는 그 파장이 엄청나게 클 것이고 그런다고 해서 실제로 두려움을 떨쳐 버릴 수 있는 것도 아니라고 생각했기 때문이지요. 만사가 멋대로 흘러가도록 가만히 있는 게 상책이었거든요. 아마 도축장에 끌려간 양들도 나와 같은 생각을 할 겁니다. ……말하자면 결혼할 생각 때문에 미쳐 버릴 것 같은 때가 있었지요. 어쩌면 나를 기다리는 불행의 냄새를 맡은 것인지도 모르겠군요. 더 엿 같은 건 내가 결혼하지 않는다 해도 그 불행의 냄새가 더 나은 행운을 보장해 주지 않을 것 같다는 것이었습니다.

결혼식에 내가 가진 얼마 안 되는 돈을 다 써 버렸기 때문에 ── 하고 싶지 않은 결혼이라도 갖출 건 갖춰야 하니까요. ── 예식은 화려하지는 않아도 최소한 남들만큼은 차렸습니다. 나는 양귀비꽃과 활짝 핀 로즈메리 관목을 주문해 성당에 배치했는데, 그 모습이 포근하고 정겨워 아마도 소나무 의자와 돌바닥이 그리 차갑게 느껴지지 않았을 겁니다. 그녀는 최고급 린넨으로 만든 몸에 꼭 맞는 검은 예복을 입고, 대모가 선물한 레이스 달린 베일을 쓰고 있었지요. 또 손에는 오렌지 나뭇가지를 들고 있었는데 자신의 역할에 도취된 그녀가 얼마나 아름다웠는지 그야말로 여왕 같았습니다. 나는 바다호스까지 가서 구입한 붉은 줄무늬가 있는 파란색 멋쟁이 양복을 입고, 그날 처음 선보인 검은 모직 모자를 쓰고 실크 스카프에 시곗줄도 늘어뜨리고 있었지요. 젊고 잘 차려입은 우리는 단연코 멋진 한 쌍이었습니다! 아, 행복한 듯했던 느낌이 아직 남아 있던 그 시절이여! 지금은 왜 이리도 멀게 느껴지는지요!

결혼식 들러리는 약사 돈 라이문도의 아들 세바스티안과 마누엘 신부의 누이 아우로라 부인이었습니다. 신부가 우리를 축복하고 나서 한바탕 설교를 늘어놓는 바람에 예식이 세 배 정도 길어졌지요. 내가 그걸 참은 건 ── 하느님께서도 잘 아시지요! ── 그렇게 해야 한다고 믿었기 때문이지 다른 뜻은 없었습니다. 얼마나 지루했는지요. 그는 또다시 우리에게 인류의 영속에 대해, 교황 레오 13세에 대해, 또 무슨 성 바울과 노예

들 같은 것에 대해서도 말했지요. 그가 설교 준비를 많이 한 것이 분명했습니다!

성당 예식이 끝나자 ─ 이런 일이 벌어지리라곤 전혀 생각지 않았지요. ─ 모두들 마치 그래야 하는 것처럼 우리 집까지 왔습니다. 우리 집은 그리 편하지는 않았지만, 우리는 그곳에 온 모든 이들뿐만 아니라 올 수 있다고 예상했던 이들의 두 배가 되는 사람들이 실컷 먹고 마실 것들을 성심성의껏 준비해 놓았지요. 여자들을 위한 추로와 초콜릿, 아몬드파이, 비스킷, 무화과 빵이 있었고, 남자들을 위한 백포도주와 초리소, 커다란 모르시야, 올리브 열매와 정어리 통조림 등이 있었죠. 마을 사람 중에는 음식을 충분히 내놓지 않았다고 나를 비난하는 이가 있다는 것도 압니다. 그런 사람들은 늘 있게 마련이죠. 내가 선생님께 분명히 말할 수 있는 건 그들을 만족시키는 데 많은 돈이 들진 않을 테지만, 난 그렇게 하기 싫었다는 것입니다. 왜냐하면 롤라와 단둘이 그 자리를 뜨고 싶은 마음에 지나치게 사로잡혀 있었거든요. 내가 해야 할 것을 해냈기에 ─ 그것도 잘 해냈지요. ─ 지금 내 마음은 평안합니다. 그리고 그것으로 충분하지요. 사람들이 수군대는 것에 대해서는…… 신경 쓰지 않는 편이 낫죠!

손님들을 접대하고 난 후, 기회를 잡자마자 나는 롤라를 데리고 나가 말 엉덩이에 앉혔습니다. 그 암말은 비센테 씨에게서 빌려온 장신구로 치장하고 안장까지 얹은 놈이었죠. 나는 마누라가 땅바닥에 떨어지지나 않을까 걱정하면서 한 걸음 한 걸음 조심스럽게 수도 메리다 시까지 갔습니다. 그곳에서 사흘간 머무를 생각이었죠. 아마도 내 생애 가장 행복했던 사흘을 말입니다. 도중에 우리는 한숨을 돌리기 위해 아마 예닐곱 번은 쉬었을 겁니다. 지금 그때를 생각하니 좀 낯설군요. 꽤나 쑥스럽기도 한데, 우리는 들국화를 꺾어 서로의 머리에 꽂아 주었습니다. 갓 결혼한 이들에게는 마치 어린 시절의 천진함이 갑자기 돌아오는가 봅니다.

우리가 말의 속도에 박자를 맞춰 보통 걸음으로 로마풍 다리를 건너 메리다에 접어들었을 때 불길한 일이 벌어졌습니다. 말이 강물에 비친 자기 모습을 보았는지 놀라서 마침 그곳을 지나가던 노파를 걷어차 버렸지 뭡니까. 노파는 머리가 반쯤 터져서는 구아디아나 강에 머리부터 빠질 판이었습니다. 나는 노파를 구하려고 급히 말에서 내렸지요. 그냥 지나쳐 버리는 것은 도리가 아니니까요. 노파가 성질이 고약해 보여, 나는 뒷말이 없도록 노파에게 1레알*을 주고 어깨를 두 번 다독거려 주었습니다. 롤라에게로 돌아오자 그녀는 깔깔거리고 웃었는데 그녀의 웃음은 내게 큰 상처를 주었지요. 정말입니다, 선생님. 그것이 앞으로 일어날 일에 대한 불길한 조짐을 예고하는지도 모르겠네요. 다른 사람의 불행을 비웃는 건 좋은 게 아닙니다. 이건 평생을 아주 불행하게 살았던 한 남자가 선생님께 하는 말입니다. 하느님은 몽둥이나 돌 없이 벌을 내리시고 또, 이미 아시다시피, 칼로 죽이는 자는…… 또 꼭 그래서가 아니라, 인정은 아무리 많아도 지나치지 않으니까요.

우리는 미를로 여관에 숙박했는데 들어서자마자 오른쪽에 있는 넓은 방을 썼습니다. 사랑에 빠진 우리는 처음 이틀 동안

---

* 프랑스의 옛 화폐단위.

은 단 한 번도 밖에 나가지 않았지요. 그 방은 넓고 좋았습니다. 높은 천장은 단단한 밤나무 서까래가 받치고 있고, 바닥도 깨끗하게 포장돼 있었으며, 사용하기에 정말로 편리한 가구들이 있었지요. 그 침실에 대한 추억은 진실한 친구처럼 평생 동안 나를 따라다녔습니다. 침대는 내 평생 보아 왔던 것 중 가장 격조 있는 것이었는데 세공한 호두나무로 머리맡을 장식했고 세탁한 양털로 만든 쿠션 네 개가 있었고 또……, 그 침대에서 얼마나 편히 쉬었던지요! 그것은 말 그대로 왕의 침대 같더군요! 키가 큰 중년 부인처럼 배가 불룩한 서랍장도 하나 있었는데 거기에는 금빛 손잡이가 달린 속이 깊은 서랍도 네 개 있었습니다. 그리고 천장까지 올라간 옷장에는 최상급의 넓은 거울이 붙어 있었고 그 양쪽에는 거울에 모습이 잘 비치도록 두 개의 화려한 촛대가 ── 같은 목재로 만든 것이었지요. ── 달려 있었습니다. 언제나 가장 볼품없기 마련인 세면대까지도 그 방에서는 눈부셨지요. 세숫대야는 얇은 대나무를 휘어 만든 다리와, 가장자리에 새 몇 마리가 그려진 하얀 도자기로 되어 있어 우아했고 정감을 불러일으켰습니다. 침대 위벽면에는 네 가지 색깔의 커다란 석판화가 있었는데 수난당하는 예수 그림이었지요. 세비야의 명물 히랄다 탑 그림이 채색된 작은 탬버린에는 붉은색과 노란색 술 장식이 달려 있었습니다. 침대 양쪽에 각각 한 쌍의 캐스터네츠가 있었고, 또 메리다의 로마식 원형경기장 그림도 있었는데 실물과 아주 흡사해서 난 그 그림이 대단한 작품이라고 생각했지요. 서랍장 위에는 어느 벌거벗은 사내가 공 모양의 작은 지구의를 양어깨로 받치고 있는 형태의 시계도 하나 있었지요. 또 푸른색 그림이 그려진, 탈라베라 지역에서 만든 꽃병 두 개도 있었는데 이미 좀 낡았지만 여전히 대단히 정겨운 광택을 유지하고 있었습니다. 의자는 여섯 개가 있었고 그중 두 개에는 팔걸이가 달렸지요. 아무튼 의자들은 등받이가 길었고, 궁둥이(안 될 말이지만) 부분은 색이 바랜 부드러운 우단으로 되어 있었습니다. 다리가 단단한 그 의자는 참으로 편안해서 집에 돌아와서도 무척 그립더군요. 지금은 이곳에 갇혀 있으니 차라리 말하지 않는 게 좋겠군요. 하지만 그렇게 많은 세월이 흘렀는데도 여전히 기억이 생생합니다!

롤라와 나는 그 편안함을 즐기면서 시간을 보냈는데, 이미 선생님께 말씀드렸듯, 처음에는 밖에 나가지도 않았습니다. 우리는 밖에서 일어나는 일에 흥미가 없었습니다. 방 안에서 도시의 나머지 모든 부분이 우리에게 줄 수 있는 것을 이미 만끽하고 있었으니까요.

불행이란 엿 같은 겁니다. 정말이에요. 그 이틀간의 행복은 너무도 완벽해 보여 내게는 낯설게 느껴졌지요.

사흘째 되는 토요일, 말에게 걷어챈 노파의 가족들이 신고를 해서 우리는 치안대를 맞이하러 나갔습니다. 한 떼의 아이들이 그곳에 얼쩡거리는 치안대를 보고 합세해서 야유해 댔는데 우리가 문을 열자 하도 소리를 질러, 꼬박 한 달 동안 그 소리가 우리 귀에 박혀 있었습니다. 죄수들의 냄새가 어린애들에게 악의에 찬 잔인함을 얼마나 일깨울 수 있을까요? 그 꼬마들은 눈에 불을 켜고 음흉한 미소를 지으며 우리를 이상한 벌레 보듯 바라보았지요. 마치 도살장에서 칼 맞은 양을 — 그런 양은 더운 피로 사람의 신발을 적시지요. — 보거나, 차에

치여 뼈가 부러진 개 ── 사람들은 그런 개가 아직 살아 있나 보기 위해 작대기로 건드려 보지요. ── 아니면 물통에 빠져 죽어 가는 갓 태어난 새끼 고양이 다섯 마리를 보듯이 말입니다. 녀석들은 다섯 마리 고양이들이 너무 일찍 고통에서 해방되는 걸 막으려고, 고양이들의 생명을 조금 더 연장시켜서 ── 아주 악독한 놈들이지요! ── 데리고 놀기 위해 이따금씩 그것들을 물통에서 끄집어내 돌팔매질을 합니다. 경찰이 도착해서 처음에는 대단히 긴장했습니다. 침착하게 보이려고 애썼지만 당혹스러운 나머지 잘 되지 않았을 겁니다. 치안대와 함께 스물다섯 살 정도 돼 보이는 청년도 왔습니다. 노파의 손자인 그 녀석은 큰 키에 마른 체형이었는데 그 나이의 놈들이 다 그렇듯 우쭐거렸지요. 그것은 나에게 천운이었는데, 왜냐하면 선생님도 아시다시피, 그런 녀석들에게는 말로 기분 좀 띄워 주고 주머니에 돈 소리 좀 나게 해 주면 그 이상이 없으니까요. 내가 녀석을 멋쟁이라고 부르고 손에 6페세타를 쥐어 주자마자 녀석은 종달새보다 더 기뻐하며 번갯불보다 더 빠르게 가 버렸습니다. 확신하건대 놈은 살아 있는 동안 자기 할머니가 말에 여러 번 채이게 해 달라고 하느님께 빌었을 겁니다. 치안대는 피해자가 그렇게 빨리 합의를 받아들이는 것을 보고는 콧수염을 매만지고 헛기침을 하면서 말이 빨리 달리는 것이 얼마나 위험한지에 대해 말했는데, 가장 중요한 건 나를 더 이상 귀찮게 하지 않고 가 버렸다는 거지요.

롤라는 경찰이 찾아오자 두려움에 힘들어하는 듯했으나, 본래가 겁 많은 여자가 아니기 때문에, 좀 놀란 건 사실이지만 금세 정신을 차렸습니다. 곧 두 뺨에 생기가 돌아오고 눈빛이 반짝였으며 입가에는 미소를 머금어 언제나처럼 예쁘고 꼿꼿한 모습이 되었지요.

생생히 기억합니다만, 그때 나는 처음으로 그녀의 배가 예사롭지 않다는 걸 깨닫고는 그녀가 좀 걱정됐습니다. 그것은 한편으로 괴로움 속에 있던 내 마음을 좀 진정시켜 주었는데, 당시 나는 첫아이를 가진 것에 대해 별로 대수롭지 않게 생각하고 있었거든요. 그녀의 배는 별로 티가 나지 않아서 미리 알지 못했다면 임신한 것을 전혀 눈치채지 못하는 것도 가능하겠더라고요.

우리는 메리다에서 살림에 필요한 것들을 몇 가지 샀습니다. 가진 돈이 많지 않았고 또 말에게 걷어챈 노파의 손자에게 6페세타를 주는 바람에 돈이 더 줄어들었지요. 나는 땡전 한 푼 안 남을 때까지 돈을 쓰는 건 분별 있는 사내가 할 짓이 아닌 듯해서 마을에 돌아가기로 결정했습니다. 다시 말에 안장을 얹고 비센테 씨에게서 빌린 고삐를 채우고 덮개로 안장을 묶어 그 위에 담요를 둘둘 말아 올리고, 갈 때처럼 롤라를 말에 태운 후 토레메히야로 돌아갔지요. 선생님도 아시다시피, 우리 집은 알멘드랄레호로 가는 도중에 있고 우리는 메리다에서 오는 길이어서 집에 가기 위해서는 마을 전체를 지나가야 했는데, 아직 해가 저물기 전이어서 이웃들은 매우 당당하게 도착하는 우리에게 애정을 표현해 줄 수 있었습니다. 그때 사람들이 우리를 열렬히 환대해 주었던 건 사실이지요. 나는 롤라가 말발굽에 채이지 않도록 몸을 돌려 말에서 내려 주고는, 일을 같이하는 장가 못 간 동료들 성화에 거의 그들에게 업히다시피 해서 마르티네테 '엘 가요'의 술집에 갔습니다. 우리가 노래를 부르며 그 안으로 밀물처럼 들어서자 주인은 불룩한 배를 내밀며 나를 맞이했는데, 그가 백포도주 냄새를 풍기며 하도 힘껏 껴안아서 머리가 어지러웠습니다. 나는 롤라의 뺨에 입을 맞추고는 그녀에게 집으로 돌아가 친구들과 인사 나누고 나를 기다리라고 했습니다. 그래서 키가 크고 마른 그녀는 공주처럼 뻐기며 멋진 말을 타고 떠나갔지요. 언제나처럼 그 동물이 첫 번째 분란의 원인이 될 거라는 사실을 모른 채 말입니다.

술집에는 기타와 충분한 포도주, 풍부한 유머가 있어 우리 모두는 흥청망청거리며 세상모르고 놀았습니다. 술을 마시고 노래를 불러 젖히면서 시간 가는 줄 몰랐던 거죠. 훌리안 씨 아들인 사카리아스가 세기디야*를 몇 곡조 뽑았습니다. 꾀꼬리처럼 부드러운 그의 목소리는 참으로 기가 막혔지요! 그가 노래하는 동안, 우리들은 넋을 잃고 차분히 그의 노랫소리를 들었습니다. 그러나 술과 이야기가 다시 발동 걸리자 우리는 돌아가며 노래를 불렀지요. 비록 우리들의 목소리는 그리 다듬어지지 않고 천방지축이었지만 흥겨운 자리였기에 모든 것이 용서되었지요.

사내들의 즐거움이란 게 어떻게 끝날지 모른다는 건 안타까운 일입니다. 왜냐하면 그걸 알면 어떤 종류의 불행은 피할 수도 있다는 사실에는 의심의 여지가 없기 때문이지요. 이렇게 말하는 이유는 그 누구도 적당한 시간에 끝낼 줄 몰라 엘 가요의 술집에서 열린 술 파티가 엉망으로 끝났기 때문입니다.

---

* 스페인 민요의 일종.

사건은 아주 단순했습니다. 우리 인생을 꼬이게 만드는 일들이 늘 그렇듯이 너무 단순했지요.

물고기는 주둥이 때문에 죽는다고들 하고, 말 많은 놈은 실수가 잦다고들 합니다. 또 다문 입에는 파리가 들어가지 않는다는 말도 있지요. 내가 볼 때 분명 모두 다 맞는 말인데, 왜냐하면 만일 사카리아스가 하느님이 명한 대로 입을 다물고 자기와 상관없는 일에 까불며 끼어들지 않았다면, 그때의 불행은 피할 수 있었을 것이고 또 지금처럼 세 군데 홍터가 쑤신다고 마을 사람들에게 비올 것을 예고하지 않아도 됐을 것이기 때문이지요. 술은 좋은 친구가 아니더군요.

사카리아스는 흥청망청 노는 중에 농담을 좀 하고 싶었는지 어느 바보 같은 숙맥에게 있었던 또는 지어낸 이야기를 했습니다. 나는 그때 — 지금까지도 그렇게 믿습니다만 — 그놈이 분명 나를 염두에 두고 그 말을 했다고 생각했습니다. 나는 결코 예민한 편이 아니고 이는 누구나 아는 사실입니다. 그러나 그 암시가 너무도 노골적인 — 또는 누구나가 너무도 노골적이라고 생각하는 — 것이어서, 내 얘기라고 해석하지 않거나 인내를 갖고 참아 낼 방법이 없을 수도 있지요.

나는 그의 신경을 자극했습니다.

"그런데 자네 이야긴 하나도 재미없군, 정말이야!"

"다들 재미있어하네, 파스쿠알."

"그럴지도 모르겠군. 부인하진 않겠네. 하지만 내 말은 다른 사람을 조롱해서 많은 사람들을 웃기려는 건 품위 있는 사람이 할 짓이 아니라는 거야."

"폼 잡지 말게, 파스쿠알. 자네도 알겠지만 폼 잡는 녀석은……."

"내가 보기엔 빈정거리는 것도 사내가 할 짓은 아니지."

"나한테 하는 얘긴 아니겠지?"

"그래. 우리 시장님 얘기라네."

"겁만 주는 걸 보니 자네는 사내자식이 아니군."

"그럼 겁만 주지 말고 한번 해볼까?"

"한번 해본다고?"

"그럼!"

나는 일어섰습니다.

"우리, 밖으로 나갈까?"

"그럴 필요까지 있나?"

"스스로 아주 겁대가리가 없다고 생각하시는군!"

친구들이 한쪽으로 비켜섰습니다. 끼어들어 칼부림을 방해하는 것도 사내가 할 일이 아니니까요.

나는 차분하게 주머니칼을 뽑았습니다. 이런 때는 조급함이나 실수가 치명적인 결과를 가져올 수 있으니까요. 파리 한 마리가 날아가는 소리도 들릴 만큼 그렇게 조용했습니다.

나는 녀석이 준비도 하기 전에 다가가 세 방의 칼침을 놓았습니다. 녀석은 부들부들 떨더군요. 사람들이 녀석을 돈 라이문도의 약국으로 데려가는 내내 놈에게선 피가 샘물처럼 솟구쳐 나왔습니다.

9장

   나는 친한 친구들 서너 명과 함께 집으로 향했습니다. 방금 일어난 일로 인해 기분이 좀 상한 상태였지요.

   "재수도 더럽게 없군. ……결혼한 지 사흘밖에 안 됐는데 말이야."

   우리는 후회하듯 고개를 떨어뜨리고 말없이 길을 걸었지요.

   "그놈이 자초한 거야. 난 양심에 가책받을 이유가 없다고. 그 자식이 깝죽대지만 않았어도……."

   "파스쿠알, 더 이상 그놈 생각은 하지 말게."

   "그러게, 참 유감이군! 이제 다 지난 일인데!"

   벌써 동이 터 수탉들은 허공에 긴 울음을 쏘아 올렸습니다. 들판에서는 물푸레나무와 백리향 향기가 피어올랐지요.

   "내가 그놈 어딜 찔렀지?"

   "어깨."

   "여러 번 찔렀나?"

"세 번."

"죽진 않겠지?"

"물론이지! 죽진 않을 걸세."

"그래야지."

그날 밤처럼 우리 집이 멀게 느껴졌던 적이 한 번도 없었습니다.

"날씨가 춥군……."

"모르겠는데. 난 안 추운걸."

"내 몸이 이상한 거로군!"

"그럴지도 몰라……."

우리는 묘지를 지나갔습니다.

"저 안에 있으면 얼마나 무서울까!"

"이런! 자네 왜 그런 말을 하나? 별 이상한 생각을 다 하는구면."

"그러게."

사이프러스 나무가 죽은 자들을 지키는 키 크고 마른 유령같이 보였습니다.

"사이프러스 나무는 참 흉측하구면……."

"그렇군."

사이프러스 나무에서는 불길한 징조인 부엉이 한 마리가 수상쩍은 휘파람 소리를 흘리고 있었습니다.

"재수 없는 새로군."

"재수 없어……."

"그런데 매일 밤 저기 있단 말이야."

"그렇지……."

"마치 죽은 자들과 함께 있는 걸 좋아하는 것 같아."

"그러게 말이야."

"자네, 왜 그래?"

"아무것도 아냐! 아무것도 아니라고! 그냥 좀⋯⋯."

나는 도밍고를 쳐다보았습니다. 그는 곧 죽을 사람처럼 얼굴이 창백해 있었습니다.

"어디 아픈가?"

"아니⋯⋯."

"겁이 나는가?"

"겁이 나느냐고? 내가? 내가 누구를 두려워하겠나?"

"아무도 두려워하지 않지, 아무도. 그냥 해 본 말일세."

세바스티안이 끼어들었습니다.

"자, 조용히 하게나들. 이제 자네들끼리 한판 붙을 생각인가?"

"아니⋯⋯."

"아직 멀었나, 파스쿠알?"

"거의 다 왔네. 왜?"

"그냥⋯⋯."

우리 집은 마치 이상한 손에 사로잡혀서 갈수록 더 멀어지는 것 같았습니다.

"우리가 모르고 지나쳤을까?"

"아냐, 이 사람아! 이제 불빛이 보일 걸세."

우리는 다시 입을 다물었습니다. 이제 거의 다 도착했지요.

"저건가?"

"그래."

"그런데 왜 아무 말도 안 했나?"

"말을 해야 했나? 자네도 알잖나?"

집 안에서 아무런 소리도 들리지 않는 것이 이상하게 느껴졌습니다. 예전 같았다면 여자들이 아직도 거기에 있을 법했거든요. 또 여자들은, 선생님께서도 잘 아시겠지만, 목소리가 크잖아요.

"잠이 든 모양이군."

"아닐 거야! 저기 불빛이 하나 보이잖아!"

집으로 다가가 보니 정말로 불이 켜져 있더군요.

엔그라시아 아주머니가 문밖에 나와 있었습니다. 아주머니는 사이프러스 나무의 부엉이처럼 '쉬' 소리를 내며 우리에게 조용히 하라고 했습니다. 그러고 보니 부엉이랑 얼굴 모양까지 비슷했던 것 같군요.

"여기 웬일이세요?"

"보다시피 자넬 기다리고 있었어."

"나를 기다려요?"

"그래."

엔그라시아 아주머니가 나를 대하는 어색한 태도가 영 마음에 들지 않았습니다.

"들어가 볼게요!"

"들어가지 말게!"

"왜요?"

"안 된다니까!"

"이건 내 집이라고요!"

"알아. 그것도 오랫동안 자네 집이었지⋯⋯. 하지만 들어가지 마."

"도대체 왜 내가 들어갈 수 없다는 거예요?"

"들어가면 안 되니까 그렇지. 자네 부인이 아프네!"

"아프다고요?"

"그래."

"무슨 일이 있었나요?"

"아무 일도 아냐. 그저 유산한 거야."

"유산했다고요?"

"그래. 말에서 떨어졌네⋯⋯."

속에서 열불이 나서 눈에 뵈는 게 없었습니다. 눈이 뒤집혀
무슨 말을 하는지도 들리지 않았고요.

"말은 어디 있죠?"

"마구간에."

마당에서 마구간으로 통하는 문은 낮았습니다. 나는 몸을
숙여 들어갔는데 아무것도 보이지 않았습니다.

"워워, 이놈의 말 새끼!"

말이 구유로 가더군요. 나는 조심스레 주머니칼을 빼 들었
습니다. 이럴 때 발을 헛디디면 치명적인 결과를 가져올 수 있
지요.

"워워, 이놈의 말 새끼!"

그때 다시 아침 수탉이 울었습니다.

"워워, 이놈의 말 새끼!"

그러자 그 암말은 한쪽 구석으로 몸을 옮기더군요. 나는 녀
석에게 다가갔습니다. 놈의 엉덩이를 두드려 줄 수 있을 정도
까지 다가갔지요. 놈은 초조한 듯 잠에서 깨어 있었습니다.

"워워, 이놈의 말 새끼!"

그건 순식간의 일이었습니다. 나는 몸을 던져 놈에게 칼침을 놓았습니다. 적어도 스무 번 이상은 찔렀을 거예요…….

놈의 가죽은 단단했습니다. 사카리아스의 가죽보다 훨씬 더 단단했지요. ……마구간에서 나오니 팔이 쑤시더군요. 팔꿈치까지 피에 젖어 있었고요. 놈은 찍소리도 못했지요. 그저 더 깊이 그리고 더 빠르게 숨을 내쉬기만 했습니다. 마치 수컷이 올라탔을 때처럼 말입니다.

10장

분명히 말할 수 있는 건 ── 비록 나중에 냉정을 되찾고 나서는 정반대로 생각했지만 ── 그때는 롤라의 유산이 결혼식을 올리기 전에 일어났더라면 하는 생각뿐이었습니다. 그랬다면 이러한 분노와 불쾌함, 그리고 치명적인 고통은 피할 수 있었을 겁니다!

나는 그 불행한 사건을 겪으면서 풀이 죽어서 아주 암울한 생각에 빠져 있었습니다. 적어도 열두 달은 지나서야 정신을 좀 차렸는데, 그 긴 날들 동안 정신 나간 놈처럼 마을을 돌아다녔지요. 롤라는 유산을 하고 1년, 또는 그보다 좀 못 되어 다시 임신을 했습니다. 나는 첫 번째와 같은 열망과 기대에 사로잡힌 자신을 기쁘게 바라볼 수 있었지요. 시간은 내가 빨리 지나갔으면 하고 기대하는 것에 비해 너무 더디게 흘렀고, 악마에게 사로잡힌 듯한 기분은 어디에나 존재하는 그림자처럼 나를 따라다녔습니다.

마누라나 어머니는 내가 사교적이지 못하고 거칠고 소심하며 무뚝뚝한 사람으로 변해 가는 걸 이해하지 못했기 때문에, 우리는 어디에서 싸움이 터질지 몰라 늘 긴장 상태에 있었습니다. 그러한 긴장은 우리를 조각조각 파괴시켰지만 우리는 마치 그것을 즐기면서 키워 나가는 듯했지요. 다른 사람이 하는 모든 말이 악의를 가지고 빗대어 말하는 듯했고, 저의가 있는 것 같았습니다. 선생님께서는 상상도 하지 못하실 정도로 넌더리 나는 몇 달이었지요!

마누라가 다시 유산할지도 모른다는 생각에 나는 돌아 버릴 것 같았습니다. 친구들은 내가 이상해졌다는 걸 알아차렸고, 치스파는 ─ 그 당시에는 아직 죽지 않았지요. ─ 나를 좀 덜 살갑게 바라보곤 했지요.

나는 여느 때처럼 치스파에게 이렇게 물었죠.

"왜 그러니?"

그러면 그 암캐는 잽싸게 꼬리를 치며 뭔가 애원하듯 나를 바라보곤 했습니다. 신음 소리를 내며 내 가슴을 찢어 놓을 듯한 두 눈으로 나를 응시했지요.

그 개 역시 배 속에서 새끼들이 죽어 버린 적이 있었지요. 녀석은 너무 천진난만해서, 자신의 불행으로 내가 얼마나 고통스러워했는지를 아는지 모르는지 누가 알겠습니까? 살아서 태어나지 못한 새끼들은 세 마리였습니다. 똑같은 크기의 꿀물처럼 끈적거렸던 새끼 세 마리는 생쥐 같은 잿빛에 반쯤은 옴에 걸린 듯했지요. 놈은 라벤더 덤불 사이에 구멍을 파고는 그곳에 새끼들을 묻었습니다. 우리가 산에서 토끼를 뒤쫓다 잠시 숨을 돌리려고 멈추어 설 때면, 녀석은 새끼 잃은 암컷의 고통스러운 표정으로 냄새를 맡으러 그 구덩이까지 다가가곤 했지요.

마누라는 이제 임신 8개월째 접어들었고, 모든 일이 순조롭게 진행되고 있었습니다. 엔그라시아 아주머니의 조언 덕분에 마누라는 평범한 임산부의 길을 가고 있었고, 이미 많은 시간이 지나갔고 남은 시간은 얼마 되지 않아 걱정할 필요가 없어 보였죠. 하지만 나는 그때까지도 조급하고 안달이 났습니다. 그래서 만일 내가 제정신으로 그 어려움을 이겨 낼 수 있다면 내 평생 실성하는 일은 없을 거라고 확신했더랬죠.

엔그라시아 아주머니가 얘기했던 예정일 즈음에 롤라가 시계처럼 정확하다는 듯이, 내겐 낯선 소박한 행복과 함께 내 새로운 아들, 아니 다시 말하면 내 첫 아들이 세상에 태어났습니다. 우리는 세례식에서 아이에게 아비인 내 이름을 따서 파스쿠알이라는 이름을 붙여 주었지요. 나는 그 애가 에두아르도 성인의 축일에 태어났으니 우리 마을의 관습대로 에두아르도라는 이름을 붙여 주고 싶었습니다. 그러나 당시에는 전에 없이 살갑게 굴던 마누라가 내 이름과 같은 이름을 붙이자고 고집을 부렸지요. 그 생각이 마음에 들었기 때문에 마누라가 나를 설득하는 데에는 별로 시간이 걸리지 않았습니다. 거짓말 같지만 선생님께 분명히 말씀드릴 수 있는 건 그즈음에는 마누라의 애교가 나를 새 부츠를 신은 소년처럼 기분 좋게 했다는 겁니다. 선생님께 맹세코, 나는 그녀의 애정에 진심으로 감사했지요.

그녀는 선천적으로 강인하고 활기찼기 때문에 출산 이틀 만에 마치 아무 일도 없었다는 듯 기운을 회복했습니다. 아이에게 젖을 먹일 때 머리카락이 완전히 헝클어져 버린 그녀의 모습은 전 생애를 두고 내게 가장 강렬한 인상을 주었던 것들 중 하나랍니다. 그것만큼은 지나간 시간의 수많은 불행을 넉넉히 보상해 주었지요.

나는 침대 발치에 앉아 오랜 시간을 보내곤 했습니다. 롤라는 부끄러운 듯 매우 낮은 목소리로 말하곤 했지요.

"이제 내가 당신에게 아이 하나를 낳아 주었어요……."

"그래."

"그것도 상당히 예쁜 아이로요……."

"하느님 덕분이지."

"이제 아이를 잘 보살펴야죠."

"그래. 이제 아이를 잘 보살펴야 할 때야."

"돼지들로부터요……."

불현듯 내 불쌍한 동생 마리오에 대한 기억이 떠올랐습니다. 만일 내 아들이 마리오와 같은 불행을 겪는다면 나는 그 애가 고통받지 않도록 목을 졸라 죽였을 겁니다.

"그래, 돼지들로부터……."

"그리고 또 열병으로부터도요."

"그래야지."

"그리고 일사병으로부터도요."

"그래. 일사병으로부터도 그래야지."

연약한 핏덩어리인 내 자식이 그런 위험에 사로잡힌다는 생각만으로도 나는 소름이 끼쳤습니다.

"예방주사를 맞혀야지."

"조금 더 자라면요……."

"그리고 늘 신발을 신길 거야. 발을 베이지 않도록 말이야."

"그리고 일곱 살이 되면 학교에 보낼 거고요."

"그리고 사냥하는 법을 가르쳐야지……."

롤라는 웃었습니다. 행복했으니까요! 나 역시 행복을 느꼈지요. 왜 아니겠습니까? 성모마리아처럼 아들을 품에 안은, 전에 없이 아름다운 그녀를 보고 있는데.

"녀석을 쓸모 있는 사람으로 키우자고."

우리 두 사람은 —— 우주의 섭리를 위해 모든 것을 주관하시는 —— 하느님께서 우리들로부터 그 녀석을 빼앗아 가시려는 것을 전혀 모르고 있었습니다! 우리들의 희망, 우리들의 전 재산이자 모든 행운이었던 아이를 제대로 키워 보기도 전에 잃게 될 줄이야! 사랑이란 참 알 수 없는 겁니다. 우리가 가장 필요로 할 때 우리를 떠나 버리니까요.

딱히 뭐라고 설명할 수는 없지만, 아이를 바라보며 즐거워하면서도 나는 대단히 불안했습니다. 장점인지 단점인지는 모르겠지만 나는 언제나 불행을 알아보는 데는 일가견이 있었지요. 몇 달이 지난 후, 마치 아직 내 불행이 충분하지 않다는 듯, 그 예감도 다른 예감들처럼 사실로 확인되었습니다. 불행은 결코 쉽사리 끝나지 않았지요.

마누라는 계속해서 아이에 대해 말했습니다.

"애가 잘 자라고 있네요…… 꼭 버터 덩어리 같아요."

그녀가 아이에 대해 자꾸 수다를 떠는 것에 나는 조금씩 싫증이 났습니다. 아이는 우리를 떠나갈 것이고, 우리를 아주 처절한 절망의 늪에 가라앉게 할 것이었죠. 아이가 가시나무와 쐐기풀, 두꺼비와 도마뱀이 우글거리는 황량한 농장처럼 우리를 황폐하게 할 것이라는 걸 나는 알았습니다. 나는 그걸 확신하고 있었는데, 그건 운명이 암시한 것으로 더 늦게나 더 빠르게나 틀림없이 일어날 일이었습니다. 본능이 말하는 것에 저항할 수 없다는 확신은 나를 어쩔 수 없는 긴장 속에 빠뜨렸습니다.

나는 때때로 어린 파스쿠알을 멍하니 바라보곤 했습니다. 그러면 어느새 두 눈에 눈물이 그득히 고여 왔지요. 나는 아이에게 말하곤 했습니다.

"파스쿠알, 내 아들아……."

그러면 녀석은 둥근 두 눈으로 나를 바라보며 미소 짓곤 했더랬죠.

그럴 때면 마누라가 다시 끼어들었습니다.

"파스쿠알, 아이가 잘 크고 있어요."

"그래, 롤라. 계속 이렇게 자라면 좋으련만!"

"왜 그런 말을 해요?"

"당신도 알다시피, 애들은 아주 연약하니까 말이야."

"이봐요! 나쁜 생각은 하지 마요!"

"그래. 나쁜 생각은 말아야지. ……조심해서 잘 키우자고!"

"아주 많이 조심하자고요."

"그리고 감기에 걸리지 않도록 해야지."

"그래요. ……죽을 수도 있으니까요!"

"애들은 감기 때문에도 곧잘 죽지……."

"못된 찬바람에도요!"

우리들의 대화는 조금씩 죽어 갔습니다. 새나 꽃이 죽어 가듯 그렇게 유순하게, 그렇게 천천히 말입니다. 또 그렇게 아이들도 죽어 가지요. 사악하고 못된 찬바람이 통과한 아이들 말입니다…….

"나는 좀 무서워요, 파스쿠알!"

"뭐가?"

"아이가 우릴 떠나 버리면!"

"이 여편네가!"

"아이들은 이 나이에 아주 약하다고요!"

"우리 애는 예쁘게 잘 자라고 있어. 혈색도 좋고 또 입가에 늘 미소가 있잖아."

"그렇군요, 파스쿠알. 내가 바보 같은 소리를 했어요!"

그녀는 아주 긴장한 상태로 아이를 품에 안으며 미소 지었죠.

"저기요!"

"왜?"

"카르멘의 아들이 왜 죽었죠?"

"그게 당신하고 무슨 상관이지?"

"그냥 궁금해서요……."

"코감기로 죽었다고 하더군."

"못된 찬바람 때문에요?"

"그런가 봐."

"가엾은 카르멘, 아기 때문에 그렇게 기뻐했는데! 죽은 아버지의 얼굴을 쏙 빼닮았다고 말하곤 했는데, 기억나죠?"

"그래. 기억나."

"기대가 크면 아이를 더 빨리 잃어버리는 것 같아요."

"그래."

"아이들이 얼마 동안이나 살 수 있을지 알았으면 좋겠어요. 이마에라도 그 기간이 새겨져서……."

"그만해!"

"왜요?"

"들어 줄 수가 없어!"

그때는 곡괭이로 머리를 찍는다 해도 롤라의 말보다 더 나를 아프게 하지는 않았을 겁니다.

"들었어요?"

"뭘?"

"창문 소리요."

"창문 소리?"

"네. 바람이 들어오는지 창문이 삐걱거리네요……."

바람에 흔들려 삐걱거리는 창문 소리가 한숨처럼 들렸습니다.

"아이는 자나?"

"네."

"무슨 꿈을 꾸는 것 같군."

"나한테는 안 들려요."

"마치 무슨 악몽을 꾸는 듯 힘들어하는군."

"걱정돼요!"

"말이 씨가 된다고! 화가 나서 미쳐 버릴 거 같아."

침실에서 들려오는 아이의 탄식은 바람이 지나갈 때 나는 떡갈나무의 울음소리와 비슷했습니다.

"아이가 보채고 있어요."

롤라는 무슨 일인지 보러 갔습니다. 나는 담배를 한 대 피우며 주방에 남아 있었지요. 나는 초조할 때면 늘 담배를 피웠습니다.

* * * * * *

　며칠 가지 않았습니다. 우리가 아이를 땅에 되돌려 줄 때는, 아이가 열한 달 되었을 때였지요. 열한 달 동안 살면서 보살핌을 받았는데 사악하고 못된 찬바람이 그 세월을 쓰러뜨려 버린 것이었습니다.

11장

내가 이미 지었던, 그리고 이후에 짓게 될 ─ 당시에는 아직 짓지 않았던 ─ 그 많은 죄악들 때문에 하느님께서 나를 벌하신 건지 누가 알겠습니까! 불행이 내 유일한 길이고 내 슬픈 나날들이 흘러갈 유일한 오솔길이라고 하늘나라의 장부에 쓰여 있는지 누가 알겠습니까!

분명 그 누구도 불행에 익숙해지지는 않는데, 왜냐하면 우리가 겪고 있는 불행이 늘 마지막일 거라는 환상을 갖기 때문입니다. 비록 나중에 세월이 흐르고 나면, 최악의 불행은 아직 오지도 않았다는 걸 납득하게 되지만 ─ 너무도 슬픈 일이지요. ─ 말입니다.

지금 그런 생각이 드는군요. 왜냐하면 롤라의 유산과 사카리아스와의 칼부림이 있었을 때 아이가 그리워서 죽을 것 같았다면, 그건 다른 이유에서가 아니라 ─ 정말입니다! ─ 더 나쁜 불행이 일어날 것을 몰랐기 때문이지요.

어린 파스쿠알이 우리 곁을 떠났을 때 세 여자가 내 주변에 맴돌았습니다. 나는 어떤 인연으로든지 그들과 이어져 있었지만, 때로 그들이 스쳐 지나가는 초면의 사람인 듯 너무 낯설게 느껴졌습니다. 세상의 다른 사람들처럼 그들과도 아무런 상관이 없는 듯했지요. 그리고 그 세 여자들 중 누구도, 정말입니다, 마음이나 행동으로 내게서 자식 잃은 고통을 견딜 수 있게끔 해 주지 못했습니다. 반대로 그들은 내 인생을 고통스럽게 하려고 의기투합한 듯했지요. 그 세 여자는 바로 내 마누라와 어머니, 그리고 여동생이었습니다.

그들에게 내가 걸었던 기대를 생각하면 누가 이런 일이 가능이나 하다고 생각했을런지요!

여자들이란 은혜도 모르는 상스러운 갈까마귀 같습니다.

그들은 늘 이렇게 말하곤 했죠.

"못된 찬바람이 아기 천사를 데려가 버렸어!"

"우리들을 떠나 림보로 가 버린 거지!"

"아기는 그야말로 해님 같았지!"

"너무나 고통스러워!"

"난 숨막혀하는 아이를 품에 안고 있어야 했어요!"

그것은 짐 실은 당나귀의 걸음처럼 느리고 힘겨우며, 술에 취한 밤처럼 서서히 고통스러워지는 넋두리 같은 것이었지요.

그렇게 하루 또 하루가 갔고, 일주일 또다시 일주일이······. 끔찍했습니다. 하늘의 벌이었죠. 분명 그건 하느님의 저주였다고요!

나는 꾹 참았죠. 그리고 생각했습니다.

"아이에 대한 애정 때문에 저 여자들은 자신도 모르는 새

저렇게 참혹해진 거야."

그러고는 그들 말을 듣지 않으려고, 모르는 척하려고 했습니다. 그들이 하는 짓거리가 꼭두각시 인형 놀이라도 된다는 듯이 신경을 끄고, 그 이야기들에 주의를 기울이지 않으려고 했지요. 꺾인 장미처럼 시간이 지남에 따라 고통이 죽어 버리도록 내버려 두었던 거죠. 가능한 한 상처를 덜 받기 위해서 보석처럼 침묵을 지키며 말입니다. 헛된 희망을 가져 봤자, 수월한 인생을 위해 태어난 이들의 행운은 날이 갈수록 더 낯설게 느껴질 뿐이었지요! 또 하느님께서는 내 상상을 통해 그것들을 얼마나 실감나게 하셨는지요!

나는 해가 지는 것을 불길이나 광견병처럼 무서워했습니다. 오후 7시쯤 부엌에 등불을 켜는 것은 내 하루 일과 중 가장 고통스러웠지요. 그림자들이 죽은 아들을 생각나게 했으니까요. 불꽃의 일렁거림, 밤의 소음, 거의 들리지 않지만 우리 귀에는 쇠로 그 모두를 내리치는 것과 같이 크게 들리는 밤의 소리들이 또한 그랬습니다.

게다가 까마귀 떼처럼 상복을 입은 그 세 여자들은 시체처럼 입을 다물고 있었습니다. 국경 수비대처럼 심각하고 무뚝뚝한 표정으로 말입니다. 나는 그 얼음 같은 침묵을 깨기 위해 그들에게 말을 걸곤 했지요.

"날씨 참 안 좋군."

"그래요……."

그러고 나면 우리 모두는 다시 침묵 속에 빠졌습니다.

나는 계속해서 말했지요.

"그레고리오 씨가 이제 더 이상 노새를 팔지 않을 모양이야.

쓸데가 있나 봐!"

"그래요······."

"강가에 가 봤어?"

"아니······."

"그럼 묘지에는?"

"안 가 봤어······."

그들을 침묵에서 끄집어낼 재간이 없었습니다. 내가 그들에게 베풀었던 인내는 그 전에도, 그 후에도 누구에게도 보여 준 적이 없었지요. 나는 그들의 태도를 모르는 척 행동했습니다. 어찌 됐든 터져 버릴 큰 사건을 재촉하지 않으려고 말입니다. 그 일은 질병이나 화재처럼 치명적인 것이고, 새벽이나 죽음처럼 아무도 막을 수 없는 것이었지요.

인간에게 가장 큰 비극은 언제나 조심스러운 늑대 발자국처럼 예기치 못하게 찾아와서 전갈처럼 의뭉스럽고 갑작스럽게 물어 버리는 것 같더군요.

나는 아직도 그들을 눈앞에 있는 것처럼 묘사할 수 있을 겁니다. 냉정한 암컷들처럼 천박한 썩은 미소를 짓고 성벽 너머 몇십 리 밖을 멍하니 바라보는 모습을 말입니다. 순간순간이 잔인하게 지나갔습니다. 말소리는 유령의 목소리 같았지요.

"이제 칠흑 같은 밤이군."

"그렇군요."

부엉이가 사이프러스 나무 위에 앉아 있었을 겁니다.

"그날 밤도 이랬어."

"그래요."

"좀 더 늦은 밤이었지······."

"그래요."
"들판엔 여전히 사악하고 못된 찬바람이 불고 있었지……."

* * * * * *

"올리브 나무 사이로 사라졌지."
"그래요."
침묵이 다시 큰 종소리처럼 방 안을 가득 채웠습니다.
"그 바람은 어디에 있을까?"

* * * * * *

"그 사악하고 못된 찬바람 말이야!"
롤라가 대답하는 데는 시간이 좀 걸렸습니다.
"모르겠어요……."
"바다에 도착했을 거야!"
"아이들을 가로질러서요……."
공격당한 어미 사자도 내 마누라와 같은 표정은 짓지 못할 겁니다.
"어미 가슴을 석류처럼 찢으면서 말예요! 아이를 낳아 봤자 바람이 데려가 버리죠. 제기랄!"
"웅덩이에서 방울방울 솟아나는 물줄기가 그 못된 바람을 빠져 죽게 할 수만 있다면!"

* * * * * *

12장

"당신 얼굴만 봐도 넌더리가 나요!"

* * * * * *

"세월을 견디지 못하는 당신 같은 사내의 몸이 지겹단 말예요!"

* * * * * *

"당신은 여름의 태양도 견디지 못하지요!"

* * * * * *

"12월의 추위도 견디지 못하고요!"

* * * * * *

"이러자고 내 가슴이 돌처럼 팽팽하게 부풀어 오른 줄 알아
요?"

* * * * * *

"이러자고 내 입술이 복숭아처럼 신선하게 유지된 줄 알아
요?"

* * * * * *

"이러자고 내가 당신의 두 아이를 가졌던가요? 그 아이들은
말의 걸음도, 밤에 부는 못된 찬바람도 견디지 못했지요!"

* * * * * *

마누라는 온갖 잡귀에 사로잡힌 미친년처럼 굴었습니다. 살
쾡이처럼 사납게 난리를 쳐 댔지요……. 마누라가 나에게 "당
신은 마리오 같아요!"라고 하는 말을 아무 말 없이 참아 냈습니
다. 그 말은 사실이었죠. ……마누라가 즐겨 찔러 댔던 이 말
이 내게는 예기치 못한 비수처럼 꽂혔습니다.

* * * * * *

들판 한가운데에서 갑자기 폭풍우를 만난다면 발걸음을 재촉해 봐야 아무런 소용이 없지요. 몸은 똑같이 젖는데 피로만 더할 뿐이니까요. 번쩍거리는 번갯불은 우리를 위협하고, 천둥소리는 우리를 당황시키며, 놀란 혈관이 관자놀이와 목구멍을 두드려 대지요.

"아, 만일 네 아비 에스테반이 네 꼬락서니를 본다면!"

* * * * * *

"너는 건드리기만 해도 피를 쏟는구나!"

* * * * * *

"네가 데리고 있는 그 여자 말이다!"

* * * * * *

계속해야만 했을까요? 태양은 모든 이를 위해 여러 번 빛났습니다. 그러나 그 빛은 백반증에 걸린 사람에게 눈을 감게 할지언정, 흑인들에게는 눈도 깜빡하게 하지 못합니다.

"그만해요!"

내 어머니는 내가 고통스러워하는 것을 나무랄 수 없었습니다. 열한 달 동안 샛별이었던 아이, 그 죽은 자식이 내 가슴에 남겨 놓은 고통에 대해서 말입니다.

나는 어머니에게 분명히 말했지요. 할 수 있는 한 모든 것을 분명하게 말입니다.

"어머니, 불길이 우리 둘 다 태워 버릴 겁니다."

"무슨 불 말이냐?"

"어머니가 가지고 노는 그 불길 말입니다."

어머니는 아주 이상한 표정을 지었습니다.

"네가 하고 싶은 말이 뭐냐?"

"우리 사내들은 아주 독한 마음을 품고 있다는 겁니다."

"그건 아무짝에도 쓸모가 없지……."

"무슨 일에든지 다 쓸모가 있다고요!"

이해하지 못했습니다. 어머니는 이해하지 못했죠. 그녀는 날 바라보며 말하곤 했습니다……. 아, 날 바라보지 않았다면!

"산속을 헤매는 늑대 떼를, 구름까지 날아오르는 송골매를, 또 돌 틈에 숨어 있는 독사를 볼 수 있나요?"

* * * * * *

"사내는 그 모든 것을 합친 것보다 더 사악하지요!"

"왜 내게 그런 말을 하는 거냐?"

"그냥요!"

나는 이렇게 말하고 싶었습니다.

"왜냐하면 당신들을 죽여 버릴 거니까요."

하지만 목소리는 혓바닥에 달라붙어 버렸죠.

* * * * * *

* * * * * *

그리고 나는 여동생과 단둘이 남았습니다. 정숙한 여인들이 보기엔 불행하고 불명예스럽게 더럽혀진 누이였지요.

"들었니?"

"응."

"내가 그럴 줄은 몰랐어!"

"나도 그래……."

"내가 저주받은 자라고 생각해 본 적 없니?"

"오빠는 그렇지 않아."

바람이 산 위로 올라갔습니다. 올리브 나무들 사이를 휘젓고 다니던 사악하고 못된 바람은 아이들을 지나 바다에 이르겠죠……. 그 바람은 창문에서 신음하며 삐걱거리는 소리를 냈지요.

로사리오가 울음을 터뜨릴 것 같았습니다.

"왜 저주받은 사람이라고 말하는 거야?"

"그 말을 한 건 내가 아냐."

* * * * * *

"저 두 여자들이라고……."

등잔불이 숨을 쉬듯 오르락내리락했습니다. 부엌에서는 아세틸렌 냄새가 났는데, 그 냄새는 신경 깊숙이까지 파고들어 시큼하고 기분 좋게 우리 육체를 자극하지요. 그때는 어떤 자극이라도 절실히 필요했던 가련하고 처벌받은 내 육체를 말입니다.

누이 얼굴이 창백해져 있었습니다. 그녀가 감당하는 삶의 흔적이 눈 밑에 기미로 잔인하게 드러나 있었죠. 나는 그녀에게 애틋한 감정이 있었습니다. 그녀가 나를 좋아하는 것과 똑같은 애틋함 말입니다.

"로사리오, 내 동생아……."

"파스쿠알 오빠……."

"우리 두 사람 앞에 놓인 시간이 서글프구나."

"다 잘될 거야……."

"그러면 좋겠어!"

어머니가 다시 끼어들었습니다.

"행여 잘도 되겠다."

독사처럼 천박한 내 마누라는 사악하게 미소 지었습니다.

"하느님께서 알아서 해 주시기를 바라는 것처럼 서글픈 것도 없지요!"

하느님은 가장 높은 곳에서 독수리눈으로 우리를 바라보고 계시지요. 작은 것도 놓치는 일이 없습니다.

"하느님께서 알아서 해 주실 거야!"

"그분이 우리를 그렇게 좋아하지는 않으실 텐데……."

＊＊＊＊＊＊

＊＊＊＊＊＊

사람이 타인을 죽일 때는 깊이 생각하지 않습니다. 나는 이것을 경험으로 잘 알지요. 때로는 원치 않는데 죽이기도 합니다. 격렬하고 잔인하게 증오하다가 주머니칼을 꺼내지요. 칼을 잘 젖혀서 그 원수가 잠들어 있는 침대에 맨발로 다가갑니다. 한밤중이지요. 하지만 창문으로 환한 달빛이 들어와 잘 보입니다. 침대 위에 시체가, 이제 곧 시체가 될 몸뚱이가 누워 있습니다. 가만히 바라보며 그 숨소리를 듣지요. 그것은 미동도 없이 마치 아무 일도 일어나지 않을 것처럼 가만히 있습니다. 침실의 낡은 가구들이 삐걱거려 우리를 놀라게 합니다. 그 소리에 원수가 깨어날 수도 있으니까 서둘러 칼질을 해야 하지요. 원수는 이불을 좀 끌어올리고는 돌아누워서 계속 잠을 잡니다. 원수의 몸은 아주 커 보입니다. 옷 때문이지요. 조심스럽게 다가가서 손으로 살며시 원수를 건드려 봅니다. 잠들어 있습니다, 아주 깊이. 원수는 전혀 의식하지 못할 겁니다…….

그러나 이렇게 죽일 수는 없지요. 그건 암살자나 하는 짓입니다. 그래서 발걸음을 되돌릴 생각을 합니다. 온 길을 다시 되돌아갈 생각 말입니다……. 하지만 그건 불가능합니다. 모든 것을 너무 많이 생각했기 때문이지요. 순간입니다. 그저 짧은 순간이면 되고 그러고 나면…….

다시 그냥 돌아가는 건 불가능합니다. 날이 밝을 거고, 대낮에는 원수의 눈길을, 우리를 바라보는 원수의 눈길을 — 비록 아무것도 모르지만 — 견뎌 낼 수 없을 테니까요.

도망가야 할 겁니다. 마을에서 멀리 떨어진 곳으로, 아무도 모르는, 다시 새로운 증오를 시작할 수 있는 곳으로 말입니다. 증오가 알을 낳는 데는 몇 년이 걸립니다. 그즈음이면 그도 이제 어린애가 아니고, 증오가 자라서 맥박을 두드릴 때가 되면 그의 삶도 끝날 겁니다. 마음은 더 이상 고통을 담아내지 못하고 두 팔뚝은 힘없이 늘어져 버리겠지요…….

13장

거의 한 달 가까이 글을 쓰지 않았습니다. 짚으로 된 매트 위에 누워 시간이 가는 걸 보고 있었는데 시간이란 때로 날개를 단 것 같았다가도 때로 마비되어 움직이지 않는 듯하지요. 그러면서 상상력이 자유롭게 날아다니도록 내버려 두었습니다. 상상은 내 안에 있는 것 중 자유롭게 날아다닐 수 있는 유일한 것이니까요. 비록 온갖 괴로움과 걱정이 있었지만 천장의 벗겨진 부분이나 그 비슷한 것들을 찾아보면서, 길었던 한 달 동안 내 나름대로 삶을 즐겼죠. 이전에 한 번도 즐겨 보지 못했던 내 삶을 말입니다.

죄 많은 영혼에 평화가 오는 것은 마치 휴경지에 비가 오는 것과 같아 마른 땅을 기름지게 하고 황무지를 비옥하게 합니다. 내가 이런 말을 하는 이유는 비록 늦었지만, 너무나도 뒤늦었지만 마음의 평온이 하늘의 축복과도 같다는 것을 알았기 때문입니다. 그것이 가난한 이들과 평탄치 못한 이들에게 주어지는 가장 소중한 축복임을 이제야 알게 되었지요. 이제 마음의 평온이 사랑과 함께 나와 동행하기에 나는 그것을 열렬하게 그리고 기쁘게 즐기고 있습니다만, 내게 숨 쉴 수 있는 시간이 얼마 남지 않았음에도 — 정말로 조금밖에 남지 않았군요! — 그 시간이 다 가기 전에 내 평온을 소진시켜 버릴까 봐 너무 두렵습니다. 만약 몇 년 전에 그런 평화가 찾아왔더라면 나는 지금 적어도 카르투지오 교단*의 사제가 되어 있을 겁니다. 왜냐하면 그 평화에서 빛과 편안한 삶을 보았기 때문이지요. 지금처럼 그때에도 나는 그런 것에 마음을 빼앗겼을 겁니다. 하지만 하느님은 그렇게 되는 걸 원치 않으셨고, 그래서 나는 지금 머리통에 판결이 떨어져 감옥에 갇혀 있습니다. 이 고통스러운 삶이 단번에 떨어져 나가는 것과 계속해서 늘어지는 것 중 어떤 게 더 좋은지 모르겠군요. 그럼에도 나는, 말하자면 더욱 애타게 이 고통스러운 삶에 집착하고 있지만 말입니다. 그리고 그런 고통스러운 삶에 대한 애착은 내 삶이 평온했을 때 가졌던 애착보다 더 큽니다. 선생님께서는 내 말이 무슨 뜻인지 잘 아시겠지요.

내가 생각하는 데 전념했던 이 긴 한 달 동안 모든 종류의 감정이 내게 일어났습니다. 고통과 기쁨, 환희와 슬픔, 믿음과 불쾌, 그리고 절망이 말입니다. 하느님! 한 연약한 육체를 시험에 들게 하실 작정이셨나요! 하나의 감정이 다른 감정으로 바뀔 때, 나는 열병에 걸린 듯 몸을 떨었습니다. 그리고 내 눈에는 두려움으로 인한 것 같은 눈물이 솟구쳤지요. 단 한 가지를

---

* 고독과 청빈, 금욕을 강조하는 은수(隱修) 생활을 강조하는 교단.

생각하면서 보내기에 한 달은 긴 시간입니다. 지난 모든 악행을 떠올리며 지옥에 갈 걱정과 깊은 참회에 빠져 보내기에는 말입니다. ……자비로운 얼굴의 고행자, 하늘의 새, 바다의 물고기, 심지어 덤불 속 야수까지도 부럽습니다. 그들의 추억은 평온하니까요. 죄악 속에서 보낸 시간은 얼마나 괴로운지요!

어제는 고해성사를 했습니다. 내가 신부님께 고해하겠다고 먼저 연락드렸죠. 나를 찾아온 산티아고 루루에냐 신부는 수염이 없고 나이 든 분으로, 좀 서글퍼 보였지만 친절하고 자애로웠습니다. 그는 개미처럼 일을 많이 해서인지 다 닳아 버린 사람이었습니다.

그는 일요일 미사를 주관하는데, 그 미사에는 100여 명의 살인자와 대여섯 명의 간수, 그리고 네 명의 수녀가 참여했지요.

그가 들어왔을 때 나는 일어서서 맞이했습니다.

"안녕하세요, 신부님."

"잘 있었는가? 나를 불렀다고?"

"네, 신부님. 그렇습니다."

그가 내게 가까이 와서 이마에 입을 맞추었습니다. 몇 년 동안 아무도 내게 입을 맞추지 않았지요.

"고해를 하려는가?"

"네, 신부님."

"자네가 나를 참으로 기쁘게 하네그려!"

"저도 기쁩니다, 신부님."

"하느님은 모든 걸 용서하시네. 아주 자애로우시거든……."

"네, 신부님."

"그리고 길 잃은 양이 돌아오는 것을 보는 건 기쁜 일이네."

"네, 신부님."

"아버지 집으로 돌아오는 탕자를 보는 것도 그래."

그는 다정스레 내 손을 잡아 자기 사제복 쪽으로 가져가서는 자신의 말을 더 잘 이해하기를 바라는 듯 내 두 눈을 응시했습니다.

"믿음은 인생의 어둠을 뚫고 우리 영혼을 안내해 주는 빛과 같다네."

"네……."

"아픈 영혼을 위한 기적의 향유와도 같고……."

산티아고 신부는 감격했습니다. 그의 목소리는 허둥대는 아이처럼 떨리고 있었죠. 그는 성자처럼 부드러운 미소를 지으며 나를 바라보았습니다.

"자네, 고해가 뭔지는 알지?"

나는 대답을 머뭇거렸습니다. 그러다가 가느다란 목소리로 말했지요.

"잘은 모릅니다."

"걱정하지 말게. 태어나면서부터 아는 사람은 아무도 없으니까."

산티아고 신부가 몇 가지 것들을 설명해 주었지만 나는 그것들을 완전히 다 이해하지는 못했습니다. 하지만 설명해 준 것들이 사실임에 틀림없었습니다. 왜냐하면 그렇게 들렸으니까요. 우리는 오랫동안 이야기를 나눴습니다. 거의 오후 전부를 그렇게 보냈지요. 우리가 이야기를 마쳤을 때쯤엔 해가 이미 지평선 너머로 지고 있었습니다.

"이제 죄 사함을 받을 준비를 하게. 우리 주 하느님의 이름으로 내가 자네에게 주는 죄 사함을 말이네…… 함께 기도문을 외우세."

산티아고 신부가 나를 축복해 줄 때, 나는 머릿속의 나쁜 생각을 지우고 축복을 받기 위해 안간힘을 써야 했습니다. 선생님에게 맹세코, 나는 내가 할 수 있는 최선의 상태에서 축복을 받았지요. 대단히 부끄러웠습니다. 하지만 너무너무 부끄러웠다 해도, 내가 생각했던 것만큼은 아니었습니다.

나는 밤새도록 눈 한 번 붙일 수 없었습니다. 그래서 오늘은 몽둥이찜질을 당한 것처럼 피곤하고 기운이 빠진 상태입니다. 하지만 내가 소장님께 부탁했던 많은 원고지가 이미 여기 도착해 있고, 또 계속해서 종이 위에 글을 끼적거리는 방법밖에는 지금 내가 빠져 있는 무기력한 상태에서 달아날 방도가 없습니다. 그래서 다시 시작해 새로 이야기의 실마리를 붙잡고 끝장을 보기 위해 이 기억을 되살리는 데 박차를 가해 볼까 합니다. 내게 필요한 만큼의 충분한 기력이 있는지 보자고요. 만약에 갑자기 사변이 일어나 내 이야기가 수족이 잘린 채 어정쩡한 상태가 되어 버릴 거라고 생각하면 마음이 답답해지고 조급함이 밀려옵니다. 또 만일 지금 글을 쓰듯 조금씩 오감을 집중해서 써 나간다면 이야기를 끝맺지 못할 거라는 생각 때문에 답답함과 조급함이 밀려오기도 하는데, 나는 그런 마음들을 다스리고 싶습니다. 만일 이야기가 봇물처럼 쏟아져 나온다면, 제멋대로 뒤죽박죽이 될 텐데 그러면 아비인 나조차도 그 이야기를 아들로 받아들이지 않을 것이기 때문입니다. 많은 부분을 기억에 의지해야 하는 이런 일들은 최고의 애정으로 다루어야 합니다. 왜냐하면 과거에 있었던 일들을 잘못 말하면 원고들을 찢어 버리고 다시 글을 쓰는 수밖에 없기 때문이지요. 내가 위험에서 도망치듯 이런 해결책을 피하려 하는 까닭은 다시 쓴 글은 결코 먼저 썼던 것만큼 좋지 않기 때문입니다. 아마도 선생님께서는 나의 이런 노력을 중요한 부분이 잘 풀리지 않아 다음 부분을 잘해 보려는 것으로 추측하실 수도 있고, 또 입가에 미소를 띤 채 내가 서두르지 않고 잘해 보려고 제 깐에는 대단히 노력하고 있다고 생각할 수도 있습니다. 이런 일은 교육 좀 받은 사람이라면 쉽고 간단하게 할 수 있을 테지만, 내 경우엔 네 달 전부터 쉬지 않고 써 온 — 내 평생 이런 적은 한 번도 없었습니다. — 노력을 고려하신다면, 선생님께서는 내가 왜 이런 이야기를 쓰는지 이해하실 수 있을 겁니다.

일이란 처음에 우리가 생각하는 것과는 전혀 다릅니다. 가까이서 그것을 살펴보고 그 일을 직접 해 보기 시작하면, 참으로 기이해서 처음 보는 듯한 면들까지 보이지요. 그래서 때로 처음에 가졌던 생각이 아무것도 기억나지 않을 때도 있습니다. 이런 일은 우리가 상상하는 얼굴, 우리가 알게 될 마을에 있어서도 나타나, 우리는 그 진정한 모습 앞에서 기존에 우리가 머릿속에 그렸던 것들을 한순간에 잊게 됩니다. 그런 일이 이 원고를 정리하는 과정에서 내게도 일어났지요. 처음에는 한 여드레 안에 글을 다 써 버리겠다고 생각했는데, 네 달이 지난 오늘 나는 그때의 순진함을 생각하며 웃고 있네요.

과거에 저지른 잔인한 행동들을 뉘우치며 고백하는 것이 죄가 된다고는 생각하지 않습니다. 산티아고 신부도 내게 위안이 된다면 그렇게 하라고 말했지요. 그것은 실로 내게 위로가 되고, 또 산티아고 신부도 자신이 한 말의 의미를 알 거라고 생각하기 때문에, 나는 내가 계속해서 이 이야기를 해도 하느님께서 노하실 거라고 생각하지 않습니다. 크건 작건 내 서글픈 인생의 자잘한 것을 하나하나 이야기하는 게 고통스러울 때도 있습니다. 그러나 그 고통을 보상이라도 하듯 글을 쓰는 것이 즐거운 순간도 있지요. 그것이 기쁨 중에서도 가장 기분 좋은 이유는 아마도 이야기를 하면서 과거의 사건들로부터 아주 멀리 떨어진 나 자신을 발견하기 때문일 겁니다. 마치 모르는 사람에 대해 들은 얘기를 하듯이 말입니다. 만일 다시 시작할 수 있다면 내가 살아가려고 할 삶과 살아온 지난 과거 사이에는 커다란 차이가 있을 테지요! 하지만 어쩔 수 없는 것, 피할 수 없는 것은 받아들여야 합니다. 엎질러진 물은 주워 담을 수 없으니까요. 그래도 그런 잘못이 계속되는 건 피해야 하는데, 나는 감옥에 갇혀 있는 덕이기도 하지만 그 잘못을 꽤 잘 피해 가고 있지요. 내 생의 마지막 시간에 내 온순함에 대해 과장해서 기록하고 싶지는 않습니다. 선생님 입에서 "염병할."이란 소리를 듣게 될 테니까요. 그런 말은 입에 담지 않는 게 좋겠지요. 그렇지만 나는 어두운 과거에 종지부를 찍었고, 만일 지금처럼 모든 것이 평온한 길로 접어들었더라면 내 인생도 꽤 모범적이었을 거라고 분명히 선생님께 말해 두고 싶네요.

계속해서 글을 쓰겠습니다. 글을 쓰지 않고 한 달을 보내는 것은 맥박이 뛸 날이 얼마 남지 않은 자에게는 너무나 태평한 짓이고, 불안이 습관화된 사람에게는 지나치게 평온한 것이니까요.

14장

도망치려고 준비하는 데 나는 시간을 낭비하지 않았습니다. 살다 보면 기다릴 수 없는 일이 있는데 이 일도 그중 하나지요. 나는 돈 상자를 털어 자루에 넣고, 먹거리는 가죽 부대에, 나쁜 생각의 찌꺼기는 우물 밑바닥에 던져 버렸습니다. 그리고 도둑처럼 밤을 틈타 길로 나서서는 ── 어디로 가야 할지도 제대로 모른 채 ── 앞쪽에 펼쳐진 들판을 향해 가기 시작했습니다. 쉬지 않고 걸은 덕에 날이 밝아 오고 피로가 뼛속까지 느껴질 만큼 몰려왔을 때, 마을은 적어도 내 등 뒤로 약 15킬로미터 거리에 있었지요. 거기서도 여전히 나를 알아보는 사람이 있을까 봐 가던 길을 멈추고 싶지 않았기에, 길가 올리브 나무 아래서 잠시 졸다가 준비해 온 음식을 조금 먹고는 제일 먼저 눈에 띄는 기차를 잡아타겠다는 생각으로 계속 갔습니다. 사람들이 나를 이상하다는 듯이 바라보았는데, 아마도 내 모습이 여행을 좋아하는 사람 같았기 때문일 겁니다. 마을을 지날 때마다 꼬마들은 마치 외국인이나 미친놈을 쫓아가듯 신기해하며 나를 따라왔습니다. 꼬마들의 호기심 어린 시선과 철없는 행동이 귀찮기는커녕 나와 동행한다는 느낌을 주어, 만일 내가 당시에 여자들 — 어머니들 — 을 급성 위장염처럼 두려워하지 않았더라면 지니고 있던 것들 중 몇 가지를 꼬마들에게 선물했을 겁니다.

돈베니토 시에서 열차를 탈 수 있었습니다. 나는 마드리드행 차표를 한 장 샀는데, 그곳에 머물러 있을 요량이 아니라 거기서 기회가 되면 다시 아메리카로 떠 버릴 작정이었지요. 객차의 시설은 나쁘지 않았고, 또 어떤 보이지 않는 손이 이불을 잡아당기는 것처럼 들판이 지나가는 걸 보는 게 내게는 아주 새로운 경험이어서 기분 좋게 여행했습니다. 모두들 기차에서 내리는 걸 보고 나는 마드리드에 도착했다는 것을 깨달았죠. 나는 아직도 내가 마드리드에서 멀리 떨어져 있는 줄 알았기에 심장이 두근거렸습니다. 우리는 더 이상 어쩔 수 없는 어떤 확실한 사실과 직면할 때 언제나 심장이 두근거리는데, 이를테면 아주 멀리 떨어져 있다고 생각했던 것이 너무 가까이에 있다는 사실을 알게 될 때 그렇지요.

마드리드 불량배들에 대해서는 익히 알고 있었고, 마침 내가 도착한 밤 시간은 사기꾼과 소매치기의 먹이가 되기 좋은 때였습니다. 그래서 날이 밝을 때까지 기다려 머물 곳을 찾기 전에는 역에 있는 의자에서 졸며 버티는 것이 최선책이라고 생각했습니다. 나는 그렇게 했습니다. 혼잡한 곳과 좀 떨어진 대합실 구석에서 의자 하나를 찾아내 가장 편안한 자세로 자리를 잡았지요. 그러고는 내 수호천사의 보호 이상의 다른 보호

없이 누가 업어 가도 모를 정도로 깊이 잠들었습니다. 비록 몸을 누일 때까지만 해도 한쪽 눈이 쉬는 동안 다른 쪽 눈을 뜨고 자는 메추라기처럼 선잠을 자는 척할 생각이었지만 말입니다. 나는 거의 다음 날까지 깊이 잠들었습니다. 깨어났을 때는 뼛속까지 한기가 들고 온몸에 습기가 느껴져 거기서 단 한순간도 지체하지 않는 것이 현명할 듯했습니다. 기차역에서 나와 한 떼의 노동자들이 모인 모닥불 주위로 다가갔습니다. 그곳에서 난 환영받았고 모닥불 덕분에 살을 파고드는 추위를 쫓아낼 수 있었지요. 그들과 나눈 대화는 처음에는 매가리가 없는 듯했으나 곧 활기를 되찾았습니다. 그들은 좋은 사람들 같았고 또 나는 마드리드에서 친구가 필요했기 때문에 그곳을 어슬렁거리는 건달에게 포도주 한 병을 사오라고 돈을 줘 보냈지요. 하지만 나와 그곳에 함께 있던 이들 모두는 포도주를 한 방울도 마시지 못했습니다. 왜냐하면 까질 대로 까진 그놈이 돈만 챙기고 도망가서 우리는 놈의 머리털 한 올도 다시 보지 못했기 때문이지요. 난 사람들에게 한잔 사고 싶었고, 또 비록 그들이 내 행동을 어린애처럼 순진하다며 비웃었지만, 그들과 친구가 되고 싶은 마음이 컸기에 아침이 되기를 기다려 동이 트자마자 그들을 데리고 작은 카페에 가서 커피를 한 잔씩 돌렸습니다. 그랬더니 모두 고마워하며 내게 관심을 보였죠. 그들에게 머물 곳을 물으니 그중 하나가 — 이름이 앙헬 에스테베스죠. — 자기 집에 묵으면 단돈 10레알에 하루 두 끼 식사도 주겠다고 제안했습니다. 가격은 일단 비싸 보이지 않았습니다. 마드리드에서 그의 집에 머무는 동안 매일 돈이 더 들어가지 않았다면 말입니다. 에스테베스라는 작자는 밤마다 '일곱 개 반'이라는 게임의 노름판을 벌여 내게서 적어도 10레알씩은 더 따 갔는데, 그자와 그의 마누라는 카드놀이에 아주 도가 텄더라고요.

나는 마드리드에서 오래 머물지 않았습니다. 보름을 못 채 웠으니까요. 마드리드에 머무는 동안 최대한 저렴하게 즐기려 고 했고, 필요한 물건들은 포스타스 거리와 마요르 광장에서 좋은 가격에 구했지요. 오후에 해 질 무렵이면 아두아나 거리 에 있는 라이브 카페에 — 이름이 에덴 콘서트였죠. — 가서 1페세타를 쓰기도 했습니다. 그 카페에서 여가수들을 보면서 저녁 먹을 때까지 있다가 시간이 되면 테르네라 거리에 있는 에스테베스의 다락방으로 가곤 했더랬죠. 내가 도착하면 에스 테베스의 마누라가 코시도*를 냈습니다. 우리는 그것을 먹고 나서는 매일 밤 찾아오는 두 명의 이웃들과 함께 카드놀이를 했는데, 테이블 가에 앉아 그 아래 있는 화덕에 다리를 잘 넣 고 새벽까지 있었지요. 나는 그 생활이 퍽 즐거워서 고향에 돌 아가지 않겠다고 단호하게 마음먹지 않았어도 마드리드에 남 아 마지막 동전 한 닢까지 다 써 버렸을 겁니다.

내 하숙방은 지붕 위에 있어 꼭 비둘기 집 같았습니다. 그러 나 절대로 문을 열어 놓지 않았고 화덕에는 밤낮으로 불을 지 피고 있었기 때문에 테이블보 아래에 두 다리를 넣고 화덕 옆 에 앉아 있는 건 나쁘지 않았지요. 그 방에는 허름한 매트가 있는 한쪽 벽으로 천장이 경사져 있어, 익숙해지기 전에는 툭 튀어나온 서까래에 몇 번이나 머리를 부딪쳐야 했습니다. 그

---

* 콩, 절인 돼지고기, 야채 등을 삶아 만드는 마드리드 전통 음식.

자리에 서까래가 있다는 걸 알아차리지 못했으니까요. 나중에 익숙해지고 나서는 방의 들어간 곳과 튀어나온 곳들을 다 알아 버려 눈을 감고도 이불 속에 들어갈 수 있을 정도였습니다. 모든 게 다 적응하기 나름이라니까요.

그 집 여주인이 내게 직접 말해 주었던 그녀의 이름은 콘셉시온 카스티요 로페스였습니다. 젊고 몸집이 작았는데, 악녀 같은 얼굴은 마드리드 여자들에 대해 널리 알려진 바대로 친절하면서도 건방지고 또 활기차 보였지요. 그녀는 나를 아주 빤히 바라보곤 했는데 어떤 것에 대해서나 주저 없이 얘기해 주었습니다. 하지만 그녀는 내가 반응하자마자 곧 우리는 아무 사이도 아니며, 자신에게는 기대할 것이 아무것도 없다고 말했죠. 그녀는 남편을 사랑했기에 남편 이외의 남자는 안중에도 없었습니다. 그것은 고통이었습니다. 왜냐하면 그녀는 좀처럼 보기 드물게 예쁘고 활기찼기 때문이죠. 비록 내 고향 여자들과는 좀 달랐지만 말입니다. 그녀가 결코 틈을 보이지 않았고 또 나도 용기가 없었기 때문에, 한동안 눈앞에서 아른거렸지만 나중에는 멀리서 그녀를 봐도 의식하지 않게 되었지요. 그녀의 남편은 술탄처럼 질투심이 많았는데, 자기 마누라를 계단 밖에도 나가지 못하게 했던 걸로 보아 별로 신뢰하지 않는 게 틀림없었습니다. 어느 일요일 오후에 에스테베스가 자기 마누라와 셋이서 레티로 공원을 산책하자며 나를 초대했던 것이 기억나네요. 그는 그녀가 이 사람 저 사람을 바라본다고 또는 바라보지 않는다고 볶아 대면서 몇 시간을 보냈죠. 그녀는 사랑스럽고 만족스러운 표정을 지으며 그 상황을 견뎌 내고 있었지만, 그건 내가 전혀 예상하지 못한 것이어서 매우 혼란스

러웠습니다. 함께 레티로 공원에서 연못 주변을 이리저리 거닐
다가, 에스테베스는 지나가던 사람과 소리를 지르며 다투었습
니다. 그들이 하는 말이 얼마나 빠르고 또 얼마나 거칠던지 나
는 반도 못 알아들었습니다. 그 사람이 콘셉시온을 쳐다보았
다는 이유로 다투는 게 분명한데, 지금 생각해도 이상한 건 그
들이 연이어 욕설을 뱉어 대면서도 어떻게 주먹다짐할 폼도 잡
지 않았는가 하는 겁니다. 그들은 서로 상대방 어머니에 대해
말했고, 고함을 치고, 건달에 오쟁이 진 놈이라고 욕했으며, 창
자를 씹어 버리겠다고도 했지만 희한하게도 상대방의 털끝 하
나 건드리지 않았습니다. 나는 그렇게 흔치 않은 상황을 바라
보면서 놀랐습니다만, 당연히 끼어들지는 않았지요. 비록 친구
를 지켜 주기 위해 나설 준비를 하고 있었지만 말입니다. 그들
은 상대에게 험한 말을 하는 것에 싫증이 났을 때쯤 각자 오던
길로 가 버렸고 더 이상은 아무 일도 일어나지 않았습니다.

이런 게 좋죠! 우리 촌놈들이 도회지 놈들처럼 이렇게 참을
성이 있다면, 교도소는 무인도처럼 비었을 겁니다.

2주 정도가 지났지만, 나는 아직도 마드리드에 대해 잘 알
지 못했습니다. 나는 이 도시를 단시간에 파악할 수 없다는 것
을 깨닫고는 다시 예전에 목표했던 곳을 향해 떠나기로 결심
했지요. 미리 사 두었던 작은 가방에 얼마 안 되는 짐을 꾸리
고는 기차표를 끊었습니다. 그리고 마지막까지 나를 놓아 주려
하지 않았던 에스테베스와 함께 역으로 — 그 역은 내가 도착
했던 곳이 아닌 다른 역이었습니다. — 가서 라코루냐행 기차
를 탔지요. 사람들 말에 의하면 라코루냐에는 아메리카로 가
는 증기 여객선이 있다고 하더군요. 항구까지가 꽤 멀었기 때

문에 고향에서 마드리드까지보다 더 더뎠습니다. 하지만 그곳에서 밤을 보낼 수 있었고 또 내가 기차가 흔들리거나 시끄러운 소리가 난다고 해서 잠을 못 자는 체질도 아니기 때문에, 내가 예상했던 것이나 사람들이 이야기해 주었던 것보다 시간이 빨리 갔습니다. 잠에서 깨고 잠시 후 해변이 보였는데, 그것은 내 인생에서 나를 가장 주눅 들게 했던 것 중 하나였지요. 굉장히 크고 깊어 보이더라고요.

초반에 몇 가지 일들을 처리하면서 나는 내 주머니에 있는 돈으로 충분히 아메리카에 도착하리라고 생각했던 것이 순진한 판단이었다는 것을 뼈저리게 깨달았습니다. 바다 여행이 그렇게 비싸리라고는 그때까지 한 번도 생각해 본 적이 없었지요! 나는 한 선박 회사 창구에 가서 물어봤는데, 거기서는 다른 곳에 가서 물어보라고 해서 적어도 세 시간 동안 줄을 서서 기다렸습니다. 차례가 되어서 직원에게 아메리카의 어느 나라로 가는 것이 내 경우에 가장 좋을지, 뱃삯은 얼마가 드는지를 물어보려고 했는데, 그는 아무런 대꾸 없이 반쯤 몸을 돌리더니 즉시 손에 종이 한 장을 들고 다시 돌아서더군요.

"시간표……, 요금표……, 5일과 20일에 라코루냐 출발이오."

내가 원하는 건 여행에 대해 당신과 이야기를 좀 나누는 것이라고 그를 설득했지만 소용없었습니다. 그자가 냉정하게 내 말을 잘라 버려 나는 어리둥절했지요.

"그만하시오."

나는 출발 날짜를 머릿속에 기억하면서 시간표와 요금표를 들고 나왔습니다. 다른 방법이 없었지요!

내가 머물던 집에 살던 포병대 중사 한 명이 선박 회사에서

받은 그 종이에 쓰인 것이 무슨 뜻인지 설명해 주었습니다. 그가 뱃삯과 지불 조건에 대해 말해 주었을 때, 나는 내가 그 돈의 절반도 없다는 사실을 알고 풀이 죽어 버렸지요. 내 앞에 놓인 문제는 작은 것이 아니었고 뾰족한 해결책도 없었습니다. 이름이 아드리안 노게이라라는 그 중사는 나를 많이 격려해 주었습니다. 그는 자기도 아메리카에 머물러 본 적이 있다면서 내게 아바나와 뉴욕에 대해서 끊임없이 말해 주었지요. 나는 ─ 숨길 이유가 뭐 있겠어요? ─ 여태껏 그 누구에 대해서도 품어 보지 못한 부러움을 느끼면서 그의 이야기에 넋을 잃었습니다. 그러나 그 이야기는 감당할 수 없을 만큼 부럽기만 해서, 어느 날 나는 스페인에 남을 생각을 굳혔으니 그 이야기는 더 이상 하지 말라고 그에게 부탁했지요. 그는 이해 못 하겠다는 표정을 지었는데, 내 생전에 그런 표정은 처음 보았습니다. 하지만 그는 여느 갈리시아 사람처럼 분별 있고 신중해서 그 후로는 단 한 번도 아메리카에 대해 말하지 않았습니다.

앞으로 무엇을 해야 할지 생각하느라고 머릿속은 온통 뒤죽박죽이 되었습니다. 나는 고향으로 돌아가는 것을 제외하면 어떤 해결책도 받아들일 수 있었으므로 무슨 일이든 닥치는 대로 했지요. 역에서 짐을 날랐고, 부두에서는 화물을 운반했으며, 페로카릴라나 호텔에서 주방 일도 거들었습니다. 또 한때는 담배 공장에서 순찰 일도 했습니다. 나는 모든 일을 조금씩 다 해 봤는데 파파가요 거리 왼편에 붙어 있는 아파차 부인의 술집을 끝으로 항구 생활을 끝냈지요. 그곳에서는 여러 가지 일을 조금씩 했습니다. 비록 주 업무는 소란을 피울 것 같은 취객들을 쫓아내는 것이었지만 말입니다.

거기서 1년 반을 머물렀는데, 집을 떠나 세상을 돌아다니며 보낸 반년을 포함해서 시간이 갈수록 내가 집에 두고 온것이 더 자주 생각났습니다. 처음에는 주인이 나를 위해 부엌에 마련해 준 침대에 몸을 누일 때만 그랬지요. 그런데 조금씩 그 시간이 늘어나더니 나중에는 한낮에도 슬픔이 ── 라코루냐 사람들 표현대로 ── 나를 사로잡아 얼마 후 다시 고향 길목 오두막집에 있는 나 자신을 볼 수 있었습니다. 가족들이 나를 환영해 줄 거라는 생각이 ── 시간은 모든 걸 치유해 주니까요. ── 습지에서 버섯이 쑥쑥 자라듯 내 안에서 자라났습니다. 나는 사람들에게 돈을 빌려 달라고 했습니다. 돈을 받아 내는 데는 힘이 좀 들었지만 모든 일이 그렇듯 집요하게 굴어 돈을 좀 얻었습니다. 그리고 어느 쾌청한 날 아파차 부인을 선두로 그곳에서 사귄 모든 이들과 작별 인사를 한 뒤 고향으로 돌아가는 길에 올랐지요. 만일 악마가 ── 그때는 몰랐습니다. ── 내가 없는 동안 우리 집과 내 마누라에게 사고만 저지르지 않았다면 그 여행의 끝은 행복했을 겁니다. 사실 당시만해도 젊고 예뻤던 내 마누라는 배운 것도 별로 없었으니, 남편이 없는 것을 심각하게 받아들였던 것은 자연스러운 일이지요. 내가 도망친 것이 가장 큰 잘못이었는데, 그건 해서는 안되는 일이었습니다. 하느님께서 그토록 잔인하게 그 죄를 벌하려 하실 줄 누가 알았겠어요…….

15장

집에 도착하고 일주일이 지났을 때, 적어도 겉으로는 그렇게도 다정하게 맞이해 주었던 마누라가 나를 잠에서 깨우더니 이렇게 말했습니다.

"내가 당신을 너무 냉정하게 맞이한 것 같아요."

"아냐, 그렇지 않아."

"사실 당신을 기다리지 않았어요. 알아요? 나는 당신이 돌아올 거라고 생각하지 않았다고요……."

"하지만 이제 내가 돌아와서 기쁘지? 그렇지 않아?"

"그래요. 이제 기뻐요."

롤라는 괴로워 보였습니다. 그녀의 모든 행동에서 변화가 느껴졌지요.

"항상 날 생각했어요?"

"언제나 그랬지. 내가 왜 돌아왔겠어?"

마누라는 잠시 동안 아무 말 없었습니다.

"2년은 긴 세월이에요……."

"긴 세월이지."

"그리고 2년 동안 세상은 여러 번 돌죠……."

"두 번 돌아. 라코루냐의 어느 뱃사람이 그렇게 말하더군."

"라코루냐 얘기는 하지 마요!"

"왜 그래?"

"그냥요. 라코루냐 같은 곳이 없었다면 얼마나 좋을까요!"

마누라는 이 말을 하기 위해 목소리를 깔았는데, 그녀의 눈빛은 어두운 그림자의 숲 같았습니다.

"많은 일이 있었어요!"

"많은 일이 있었지!"

"그리고 어떤 여자라도 2년 동안 누군가가 옆에 없다면 하느님께서 그를 데려가셨을 거라고 생각할 거예요."

"무슨 말을 하고 싶은 거야?"

"아무 말도 아니에요!"

롤라는 고통스럽게 울먹이기 시작했습니다. 그리고 가느다란 목소리로 내게 고백했지요.

"난 아이를 낳게 될 거예요."

"아이를 또?"

"네."

나는 질겁했습니다.

"누구 아이지?"

"묻지 마세요!"

"묻지 말라고? 난 알아야겠어! 난 네 남편이라고!"

그녀는 목소리를 높였습니다.

"나를 죽이려던 남편이지요! 2년 동안 나를 버렸던 남편! 내가 문둥이나 된다는 듯 내게서 도망쳐 버린 남편 말예요! 그런 남편이라고요!"

"그만해!"

그랬습니다. 양심은 내게 그만두는 것이 더 낫다고 말하고 있었습니다. 시간이 흐르도록 내버려 두고, 또 아이가 태어나도록 내버려 두고…… 그러는 게 더 나았겠죠. 이웃들은 마누라의 행실에 대해 말하고, 나를 곁눈질하며 내가 지나가는 것을 보면 낮은 목소리로 귓속말을 할 테지요.

"엔그라시아 아주머니를 불러 줄까?"

"벌써 다녀갔어요."

"뭐라고 그래?"

"잘되 갈 거라고 했어요."

"그게 아냐, ……그게 아니라고……."

"원하는 게 뭐예요?"

"아무것도…… 일을 좀 정리하는 게 좋을 것 같아서……."

마누라는 애원하는 몸짓을 했습니다.

"파스쿠알, 그럴 수 있어요?"

"그래, 롤라. 그럴 수 있어. 내가 처음은 아닐 거야."

"파스쿠알, 이 아이는 그 누구보다 더 건강한 게 느껴져요. 그리고 이 아이는 살아서……."

"나를 수치스럽게 하겠지!"

"당신을 기쁘게 할지도 몰라요! 사람들이 어떻게 알겠어요?"

"사람들? 당연히 알게 돼!"

롤라는 미소 지었습니다. 그 미소는 학대당한 아이의 미소였습니다. 보는 이를 아프게 했지요.

"사람들에게 숨길 수 있을지 없을지 누가 알겠어요!"

"모두가 알게 될 거야!"

하느님께서도 아시겠지만, 나는 기분이 나쁘지 않았습니다. 하지만 노새가 고삐에 매여 있듯이 사람은 누구나 다 관습에 얽매여 있는 법이지요.

만일 내가 사내로서 나 자신이 용납됐다면 용서했을 겁니다. 그러나 세상 사람들은 세상 사람들이고, 순리를 거스르려는 것은 헛된 시도일 뿐이지요.

"아주머니를 부르는 게 좋겠어!"

"엔그라시아 아주머니를요?"

"응."

"안 돼요, 제발 부탁이에요! 또 낙태하라고요? 매번 기르지도 못할 애를 낳으라고요? 낳아서 거름으로나 사용하면서 말예요?"

그녀는 내 발에 입이 닿을 만큼 바닥에 몸을 숙였습니다.

"당신이 원하면 내 목숨이라도 줄게요!"

"네 목숨 따위 필요 없어!"

"당신을 욕되게 한 대가로 두 눈을 주고 피라도 뽑겠어요!"

"필요 없어."

"내 가슴과 머리카락, 내 이라도요! 당신이 원하는 건 뭐든지 주겠어요. 하지만 아이를 해치진 마요. 그러면 난 죽어요!"

그녀가 울도록 내버려 두는 게 최선의 방법이었습니다. 기운이 빠져 녹초가 되지만 한편 더 침착하고 이성적인 상태가 될 때까지 오래도록 울게 내버려 두는 것 말입니다.

며느리에게 포주 노릇을 한 게 틀림없는 우리 어머니, 그 아주 망할 놈의 여자는 숨어 지내며 내 눈앞에 나타나지 않았습니다. 진실은 이렇게 깊은 상처를 내더군요! 어머니는 내게 가능한 한 최소한의 말만 하고, 내가 한쪽 문으로 들어오면 다른 쪽 문으로 나가고, 끼니때가 되면 내게 밥상을 — 이런 일은 전에도 없었고 이후에도 다시없을 일이었습니다! — 차려 놓았습니다. 좀 평화롭게 살기 위해 공포 분위기를 조성해야 한다고 생각하면 마음이 아프군요! 어머니는 모든 행동을 고분고분하게 해서 나를 당황하게 만들었습니다. 나는 롤라의 문제에 대해 어머니와 이야기하고 싶지 않았습니다. 그건 롤라와 나, 우리 둘 사이의 문제이고, 우리 둘이서 풀어야 할 문제였으니까요.

어느 날 나는 롤라를 불러 말했습니다.

"이제 마음 놔도 돼."

"왜요?"

"엔그라시아 아주머니를 부르지 않을 거거든."

롤라는 잠시 생각에 잠겼습니다. 왜가리처럼 말입니다.

"당신은 아주 좋은 사람이에요, 파스쿠알."

"그래. 당신이 생각하는 것보다는 좋은 놈이지."

"그리고 나보다도 더 좋은 사람이에요."

"그런 말은 하지 말자고! 그런데 누구였어?"

"그건 묻지 마세요!"

"내가 알고 있는 게 더 나아, 롤라."

"하지만 당신에게 그 사실을 말하는 게 두려워요."

"두렵다고?"

"네. 당신이 그를 죽일까 봐요."

"그 정도로 그놈을 좋아하나?"

"그런 게 아녜요."

"그럼 뭐지?"

"당신은 꼭 피를 보려고 하니까……."

그 말은 화염처럼 내 머릿속에 박혀 버렸습니다. 화염처럼 박혀 내가 죽을 때까지 나와 함께할 것이었지요.

"아무 일도 없을 거라고 너에게 맹세한다면?"

"당신 말은 믿을 수 없어요."

"왜지?"

"왜냐하면 그럴 수 없으니까요. 파스쿠알, 당신은 아주 사내다운 사람이잖아요!"

"하느님 덕분이지. 하지만 나는 약속은 지키는 사람이야."

롤라는 내 가슴으로 파고들었습니다.

"아무 일도 일어나지 않게 해 준다면 내 삶을 다 주어도 좋아요."

"당신 말을 믿어."

"그리고 또 당신이 나를 용서해 준다면요!"

"당신을 용서해, 롤라. 하지만 말해 줘야 해……."

"알았어요."

그녀는 전에 없이 창백하고 핼쑥해 보였습니다. 얼굴엔 두려움이 역력했는데, 나와 함께 불행이 다시 찾아온 것에 대한 끔찍한 두려움이었습니다. 나는 그녀의 머리를 감싸고 어루만져 주었습니다. 그 어느 믿음직한 남편보다도 더 다정하게 말하며, 내 어깨에 그녀의 머리를 대고 다독거려 주었지요. 그녀가 겪었던 그 많은 고통을 이해할 수 있었고, 내 물음에 그녀가 기절해 버릴까 봐 두려워서 말입니다.

"누구였어?"

"싸가지였어요!"

"싸가지였다고?"

롤라는 대답이 없었습니다.

그녀는 죽어 있었습니다. 머리를 가슴까지 떨어뜨리고, 얼굴을 머리카락에 파묻은 채…… 그녀는 그 자리에 앉은 채로 잠시 중심을 잃었다가 곧바로 부엌 바닥에 쓰러졌습니다. 매일 밟고 다니던 돌멩이가 깔린 바닥에 말입니다…….

16장

가슴속에서 전갈 둥지 하나가 무너져 버렸고, 혈관에 흐르는 피 한 방울 한 방울 속에 살점을 물어뜯는 독사 한 마리가 있었지요.

나는 내 마누라를 죽인 놈, 내 누이의 몸을 망치고 내 가슴에 피멍이 들게 한 놈을 찾아 나섰습니다. 놈이 숨어 지내서 찾는 게 쉽지 않았지요. 그 건달 놈은 내가 돌아왔다는 소식을 듣고는 마을을 떠나 네 달 동안이나 알멘드랄레호에 나타나지 않았거든요. 나는 놈을 잡으러 나섰다가 니에베스의 집에 가서 로사리오를 보았습니다. ……로사리오가 얼마나 변해 있었는지! 겉늙은 얼굴에는 때 이른 주름살이 가득했고, 눈가는 기미가 끼어 시커멨으며 머릿결도 윤기가 없었습니다. 예전의 예뻤던 모습을 상상하니, 그 애를 바라보는 게 고통스러웠지요.

"웬일이야?"

"사람 하나 찾으러 왔어."

"상대방에게서 도망치는 놈은 사내도 아냐."

"사내도 아니지……."

"찾아올 사람을 기다리지 않는 놈도 사내가 아니야."

"사내도 아니지……. 그놈은 어디에 있어?"

"몰라. 어제 나가 버렸어."

"어디로 갔는데?"

"모르겠어."

"모른다고?"

"응."

"모르는 게 확실해?"

"지금이 대낮인 것처럼 확실해."

로사리오가 하는 말은 사실 같았습니다. 그 애는 나에 대해 애정을 보이며 싸가지를 버리고 나를 돌봐 주기 위해 우리 집으로 돌아왔지요.

"놈이 아주 멀리 갔니?"

"나한테는 아무 말도 안 했어."

일단 성질을 죽이는 수밖에 없었습니다. 천박한 놈들을 향해 간직했던 분노를 불쌍한 사람에게 퍼붓는 건 결코 사내가 할 짓이 아니니까요.

"무슨 일이 있었는지 알아?"

"응."

"그런데도 잠자코 있었단 말이야?"

"그럼 누구한테 말을 하겠어?"

"그렇지. 아무에게도 말할 수 없었겠지……."

그 애가 누구에게도 말할 수 없었다는 건 정말 맞는 말이었습니다. 모두의 관심사가 되지는 않는 일들이 있지요. 순교자의 십자가처럼 혼자만 짊어지고 가야 할 뿐, 다른 이들에게는 아무 말도 하지 못하는 일 말입니다. 우리에게 일어난 모든 일을 사람들에게 말할 수는 없지요. 대부분의 경우에 사람들은 우리를 알지도 못하고, 또 이해할 수도 없을 테니까요.

로사리오는 나와 함께 왔습니다.

"하루도 더 이곳에 있고 싶지 않아. 난 지쳤다고."

그녀는 집으로 돌아왔는데, 놀라서 겁먹은 듯 주눅 들어 있었으며 더 부지런했습니다. 이전에 보았던 그 모습이 아니었지요. 그녀는 상냥하게 나를 보살펴 주었는데 — 아, 참으로 안타깝군요! — 나는 그에 대한 고마움을 한 번도 충분히 전하지 못했고 또 앞으로도 그러겠지요. 로사리오는 항상 나를 위해 깨끗한 셔츠를 준비해 두었고, 돈을 잘 관리했으며, 내가 늦는 날에도 따뜻한 음식을 준비해 놓았습니다. 이런 게 바로 사는 거죠! 하루하루가 깃털처럼 부드럽게 흘러갔습니다. 한밤중이 되면 수도원처럼 고요했고, 전에 나를 지겹게도 쫓아다녔던 불길한 생각들은 흐릿해지는 것 같았습니다. 라코루냐에서 보냈던 그 위태로운 날들은 저 멀리에 있는 듯했지요! 때로 칼부림을 하던 시절은 기억 속에서 어렴풋이 사라지는 것 같고요! 내 가슴에 그토록 깊은 구멍을 낸 롤라에 대한 추억은 메워지고, 과거는 조금씩 잊히고 있었습니다. 악운이, 집요하게 나를 따라다니던 그 악운이 내 불행을 거들기 위해 과거를 되살리기 전까지 말입니다.

마르티네테의 술집에서였습니다. 애송이 세바스티안이 나에게 그 소식을 전한 것입니다.

"자네 혹시 싸가지 보았나?"

"아니. 왜 그러는데?"

"아무것도 아냐. 사람들 말이 그가 마을에 나타났다고 하기에."

"마을에?"

"그렇다더군."

"거짓말은 아니겠지?"

"이 사람아, 흥분하지 말게. 사람들이 말한 그대로 자네에게 전하는 거라네! 무엇하러 자네를 속이겠는가?"

그 말이 사실인지 알아볼 여유도 없었습니다. 나는 집으로 뛰어갔지요. 땅도 보지 않고 번갯불처럼 말입니다. 어머니가 문 앞에 서 있더군요.

"로사리오는요?"

"저기 안에 있단다."

"혼자요?"

"그래, 왜 그러니?"

나는 대답도 하지 않고 부엌으로 갔습니다. 거기서 냄비를 옮기고 있는 로사리오와 마주쳤지요.

"그런데 싸가지는 어디 있어?"

로사리오는 흠칫 놀라는 듯했습니다. 고개를 들더니, 적어도 겉보기에는 차분하게 나에게 말하더군요.

"왜 그걸 나한테 물어?"

"놈이 마을에 있으니까."

"마을에?"

"그렇다더군."

"여긴 오지 않았어."

"확실해?"

"맹세할게."

나한테 맹세까지 할 필요는 없었지요. 놈이 아직 오지 않은 것은 사실이니까요. 하지만 곧 올 거였습니다. 체스의 왕처럼 의기양양하고 파라오처럼 폼을 재면서 말입니다.

놈은 어머니가 지키고 서 있는 문 앞에 나타났습니다.

"파스쿠알 있나요?"

"그 애를 왜 찾는가?"

"그냥요. 뭐 좀 얘기할 게 있어서요."

"얘기할 게 있다고?"

"네, 우리 둘 사이의 일에 대해서요."

"들어오게. 부엌에 있다네."

싸가지는 모자도 벗지 않고 휘파람을 불며 들어왔습니다.

"잘 있었나, 파스쿠알!"

"잘 있었나, 파코! 모자를 벗게. 실내잖아."

그제야 싸가지는 모자를 벗더군요.

"자네가 원한다면!"

놈은 차분하고 침착한 척하고 싶어 했지만 그러지 못했습니다. 긴장하고 허둥대는 것이 눈에 보였지요.

"잘 있었어, 로사리오?"

"안녕, 파코!"

로사리오는 놈에게 비굴한 미소를 지었는데, 그게 나를 역겹게 했습니다. 그놈도 미소를 지었지만 입술은 새파랗게 질린 듯했지요.

"내가 왜 왔는지 아는가?"

"말해 봐."

"로사리오를 데려가려고 왔네!"

"짐작은 했지. 하지만 싸가지, 자네는 로사리오를 데려갈 수 없네!"

"내가 그녀를 데려갈 수 없다고?"

"그래."

"누가 그걸 막겠는가?"

"내가."

"자네가?"

"그래, 내가. 못 할 것 같은가?"

"별로 그럴 수 있을 거 같지 않은데……."

그 순간 나는 도마뱀처럼 싸늘해져서, 내 모든 행동을 통제할 수 있었습니다. 나는 옷자락을 매만지며 놈과의 거리를 재보았습니다. 그리고 놈이 계속해서 주둥아리를 나불거리지 못하게 했지요. 이전과 같은 일이 반복되지 않도록 말입니다. 내가 놈의 면상 한복판에 의자를 세게 던지자, 놈은 벌렁 나자빠지며 벽난로의 종 모양 장식에 부딪쳐 마치 죽은 것 같았습니다. 그 순간 놈은 몸을 일으키며 칼을 뽑아 들었습니다. 얼굴에 무서운 살기를 띠고 있었지요. 그러나 등뼈가 부러졌는지 움직이질 못하더군요. 나는 놈을 들어 길가에 내팽개쳤습니다.

"싸가지! 네놈이 내 마누라를 죽였어……."

"그년은 창녀였어!"

"내 마누라가 뭐였든지 간에 네가 그녀를 죽였어. 또 내 누이를 망쳐 놓았고 말이야……"

"내가 그 애를 건드렸을 때 이미 제대로 망가져 있었네!"

"망가져 있었을 수도 있겠지! 하지만 네놈은 그 애를 수렁에 빠뜨린 거야. 이제 아가리 닥쳐! 네놈은 나를 노리고 있다가 마주친 거야. 나는 네놈을 해치고 싶지 않았어. 등뼈도 부러뜨리고 싶지 않았고……"

"언젠가 상처는 낫겠지. 그러면 그때는!"

"그때는 뭘 어쩌겠다고?"

"네놈에게 총알 두 방을 먹여 주마. 미친개에게 하듯이 말이다."

"지금 네놈이 내 수중에 있다는 걸 잊지 마라!"

"넌 날 못 죽여!"

"널 죽이지 못한다고?"

"그래."

"왜 그런 말을 하지? 자신감에 차 있군그래!"

"날 죽일 놈은 아직 태어나지도 않았으니까."

그놈은 겁이 없었습니다.

"이제 돌아가라!"

"내가 가고 싶을 때 갈 테다!"

"그때가 바로 지금 당장이야!"

"로사리오를 내놔!"

"그럴 순 없지!"

"그녀를 내놔. 안 그러면 널 죽여 버리겠다."

"죽인다는 말은 하지 마라. 지금까지 했던 것으로도 충분하잖아!"

"그녀를 내놓지 않을 테냐?"

"그래!"

싸가지는 젖 먹던 힘까지 내면서 나를 한쪽으로 밀어내려 했습니다. 나는 놈의 목을 붙잡고 바닥에 힘껏 내리눌렀습니다.

"꺼져 버려!"

"그럴 수 없다!"

우리는 서로 뒤엉켜 몸부림을 쳤고 나는 놈을 다시 쓰러뜨렸습니다. 놈의 가슴을 무릎으로 누르며 말했지요.

"그녀에게 약속했기 때문에 네놈을 죽이지 않는 거다……."

"누구에게 약속했다는 거냐?"

"롤라에게 말이다."

"그렇다면, 그녀가 나를 좋아했나?"

놈은 너무 거들먹거렸습니다. 나는 좀 더 힘껏 놈을 내리눌렀죠. 놈의 가슴에서 숯불구이 할 때와 똑같은 소리가 났습니다. ……놈은 주둥이로 피를 토하기 시작했습니다. 내가 일어서자 놈의 머리가 힘없이 한쪽으로 늘어져 버리더군요…….

17장

나는 3년 동안 감옥에 있었습니다. 그 고통스럽고 기나긴 세월 동안 시간은 더디게 흘러 처음에는 끝이 보이지 않았고 나중에는 꿈이었다고 생각했지요. 3년간 매일매일 감옥의 구두 공장에서 일했고, 쉬는 시간에는 마당에서 햇볕을 쬐었습니다. 그 고마운 햇볕을 말입니다. 조급한 마음으로 시간이 흘러가는 것을 바라보았는데, 모범수였던 나는 형기를 다 채우지 않고 ── 이것이 내 불행이었죠. ── 석방되었습니다.

살아오는 동안 지나치게 나쁜 짓만큼은 하지 않겠다고 마음먹은 적이 드물긴 하지만 몇 번 그랬을 때마다, 이미 앞에서 선생님께 말씀드린 대로, 나를 쫓아다니는 걸 즐기는 듯한 그 숙명, 그 불행이 내 선의를 뒤틀어서는 제멋대로 나쁘게 만들어 버린 걸 생각하면 가슴이 아픕니다. 설상가상으로 그것은 내 영혼을 위해 아무짝에도 쓸모없는 것에서 그친 것이 아니라, 어긋나고 변질되어 나를 항상 더 지독한 불행으로 이끌었습니다. 만일 내가 못되게 굴었다면 선고받은 28년 동안 친치야 감옥에서 살았을 테지요. 다른 죄수들처럼 감옥에서 썩으며 지겨워서 미쳤을 테고, 절망하며 모든 신성한 것을 저주했을 테고, 완전히 스스로를 망쳤을 겁니다. 하지만 어쨌든 죄수로 서 — 이건 사실입니다. — 그곳에 있었을 겁니다. 더 이상 피가 튀는 새로운 범죄를 저지르지 않고, 내가 저지른 죄를 속죄하며, 태어날 때처럼 두 어깨 위에 머리를 안전하게 붙인 채 원죄 이외의 모든 잘못에서 자유로운 상태로 말입니다. 만일 거의 대부분 사람들처럼 대충대충 행동했더라면, 그 28년은 14년이나 16년으로 줄었을 테고, 내가 풀려났을 때 즈음 어머니는 자연스럽게 죽었을 겁니다. 로사리오는 젊음을 잃었을 테고, 젊음과 함께 그 미모도, 또 그 미모에 수반되는 위험도 없어졌겠죠. 나는 — 선생님과 사회로부터 별 동정도 받을 수 없는, 실패하고 불행에 빠진 불쌍한 놈이지요. — 양처럼 온순하고 담요처럼 부드러운 상태로 출소해서, 아마도 또 다른 몰락에 대한 위험에서 멀리 떨어져 있겠죠. 그래서 지금쯤 어딘가에서 밥벌이나 하면서 조용히 살고 있을지 누가 알겠습니까. 과거를 잊고 앞날만을 생각하면서 말입니다. 혹 이미 그렇게 됐을지도 모르죠……. 하지만 나는 최선을 다해 생활했고 기분 나쁠 때도 좋은 얼굴을 했으며 내게 맡겨진 양보다 더 많은 일을 해 교도관들을 감동시켰고 교도소장의 좋은 평가를 받을 수 있었습니다. 그래서 풀려났습니다. 그들은 나에게 문을 열어 주었고 나를 세상의 모든 사악함 앞에 무방비 상태로 방치해 놓았지요. 그들은 내게 말했습니다.

"자네는 형기를 마쳤네, 파스쿠알. 다시 싸움터로 돌아가게.

다시 일상으로 돌아가 모든 이들을 견뎌 내고 그들과 대화하며 다시 한 번 부대껴 보게나."

그들은 그렇게 내게 호의를 베푼다고 믿으면서, 나를 영원한 수렁으로 밀어 넣었지요.

처음에는 — 이번 장(章)과 그다음 두 장을 처음 썼을 때 — 이런 생각을 하지 않았습니다. 하지만 누군가가 이 세 장의 원고를 훔쳐 가 버렸습니다. (아직도 그걸 왜 가져가 버렸는지 이해되지 않는군요.) 비록 선생님께서 내가 하는 이상한 말을 믿지 않으실지 몰라도, 나는 설명할 수 없는 고난(원고 분실)으로 인해 마음이 아팠습니다. 그리고 또 한편으로는 다시 기억을 짜내고, 제멋대로인 생각을 펜 끝으로 옮기는 일을 반복해야 한다는 생각에 숨이 막힐 것 같았습니다. 하지만 글을 쓰고자 하는 내 욕구를 억누르는 것이 내게 주어진 형벌이라고는 생각하지 않기 때문에 — 글을 쓰는 것은 나약한 내 영혼에 대해서는 충분한 형벌이지만, 내가 저지른 그 많은 죄악에 대해서는 아니었지요. — 나는 이 이야기를 처음 쓸 때처럼 생생하게 써 나갈 겁니다. 선생님께서 알아서 판단하시도록 말입니다.

출소했을 때 나는 내가 생각했던 것보다 더 슬픈, 훨씬 더 슬픈 들판을 보게 되었습니다. 갇혀 있을 때는 그것이 — 왜 그런지 이유는 모르겠군요. — 목초지처럼 푸르고 싱싱할 거라고, 밀밭처럼 기름지고 아름다울 거라고 생각했지요. 머릿속에서 불길한 생각을 모두 비워 낸 농부들이 해가 뜰 때부터 질 때까지 포도주 자루를 곁에 두고 즐거이 노래 부르며 열심히 자기 일을 할 거라고 말입니다. 하지만 나가서 본 들판은 묘지처럼 황폐하고 말라붙어 있었으며 축제 다음 날의 시골 암자처럼 인적이 없고 쓸쓸했습니다.

감옥이 있던 친치야는 라만차 지방의 모든 마을처럼 황량한 곳입니다. 지독한 형벌의 고통을 상징하듯 사람은 코빼기도 보이지 않는 삭막한 회색 마을이지요. 나는 그곳에서 고향으로, 내 집, 내 가족에게로 나를 데려다 줄 기차를 기다리는 데에 필요한 시간만큼만 머물렀습니다. 늘 같은 자리에 있을 고향과 햇빛을 받아 보석처럼 반짝일 내 집으로, 그리고 더 오랫동안 나를 기다려야 한다고 믿을 내 가족에게로 말입니다. 가족들은 내가 곧 자신들과 함께할 거라고는 상상도 못 하고 있을 터였죠. 그리고 또 3년 동안 하느님께서 성질을 좀 죽여 놓았을 내 어머니와, 나를 보면 뛸 듯이 기뻐할 내 누이, 내 사랑스러운 성녀 같은 누이에게로 나를 데려다 줄 것이었습니다.

기차가 연착했습니다. 몇 시간을 연착했지요. 그보다 훨씬 많은 시간을 온몸으로 기다렸던 사람이 몇 시간 남짓의 연착 시간을 견딜 수 없다는 게 야릇했습니다. 그러나 사실이 그랬습니다. 나는 초조해서 안절부절못했습니다. 마치 중요한 사업에서 시간이 늦어 손해를 보고 있는 듯이 말입니다. 나는 역을 서성거렸고, 역 안 술집에도 가 보았습니다. 근처 들판을 거닐기도 했지요. ……아무 일도 없었습니다. 기차는 도착하지 않았습니다. 아직도 모습을 드러내지 않고 저 멀리서 꾸물대는 것 같았지요. 나는 감옥을 생각했습니다. 감옥은 저 멀리 역사(驛舍) 뒤쪽으로 그 모습을 드러내고 있었습니다. 그곳은 사막 같았지만 구석구석까지 사람들로 바글거렸지요. 감옥에 갇힌 수많은 이들의 불우한 삶은 몇백 쪽짜리 책으로 쓸 수 있을 정도로 대단한 것이었습니다. 나는 교도소장을 떠올렸습니다. 마지막으로 보았을 때, 그는 좀 늙었고 머리가 벗겨졌으며 하얀 콧수염과 하늘처럼 파란 눈을 지니고 있었지요. 이름은 돈 콘라도였죠. 나는 그를 아버지처럼 좋아했고 그가 여러 번에 걸쳐 해 준 그 많은 위로에 감사하고 있었습니다. 마지막으로 그를 본 건 그가 자신의 사무실로 나를 불렀을 때였죠.

"들어가도 될까요, 돈 콘라도?"

"들어오게, 이 사람아."

그는 고령에 지병까지 겹쳐 목소리가 이미 쉬었는데, 우리를 다정하게 부를 때면 여전히 눈물겨워하는 것 같았고, 소리가 입술을 통과할 때면 몸을 떠는 것 같았습니다. 그는 내게 테이블 건너편에 앉으라고 말했습니다. 그러고는 커다란 양가죽 담뱃갑을 내밀었지요. 담배 말이 종이 하나도 꺼내서 내게 건넸습니다.

"한 대 피우겠나?"

"고맙습니다, 돈 콘라도."

콘라도 씨가 웃었습니다.

"자네와 이야기할 때는 담배를 많이 피우는 게 좋아. 그래야 그 못생긴 얼굴이 덜 보이니까 말이야!"

그는 너털웃음을 터뜨렸습니다. 그러다가 웃음이 결국 기침과 섞여 버렸는데, 기침이 그를 질식시킬 정도로 오래 계속되어 그는 토마토처럼 얼굴이 빨갛게 부풀어 올랐지요. 그는 서랍을 열어 잔 두 개와 코냑 한 병을 꺼냈습니다. 나는 깜짝 놀랐지요. 그가 나에게 언제나 잘해 준 건 사실이지만 그날처럼 특별한 대접은 처음이었거든요.

"왜 그러세요? 돈 콘라도."

"그냥, 아무것도 아니라네……. 자! 마시자고……. 자네의 자유를 위해서!"

그가 다시 기침을 했습니다. 내가 "제 자유를 위해서요?"라고 물어보려 하자, 그는 내게 아무 말도 하지 말라는 손짓을 했습니다. 이번에는 반대였습니다. 기침이 웃음으로 끝났던 거지요.

"그렇다네. 자네 같은 사고뭉치들은 운이 좋구먼그래!"

그는 내게 그 소식을 전할 수 있게 된 것을 즐거워하고, 또 나를 거리로 쫓아낼 수 있게 된 것에 만족하며 웃었습니다. 가엾은 돈 콘라도! 참 좋은 분이었죠! 내게 있어 최선책은 그곳에서 나가지 않는 것이라는 사실을 그가 알았더라면! 내가 친치야의 감옥으로 다시 돌아왔을 때, 그는 두 눈에 눈물이 그렁그렁한 채로 나를 그때 내보내지 말았어야 했다고 말하더군요. 눈물보다 약간 더 푸르렀던 두 눈을 하고서 말입니다.

"좋아, 이제 농담은 그만하지! 이걸 읽어 봐……."

그가 내 눈앞에 출소 명령서를 내놓았습니다. 나는 내가 보는 것을 믿을 수 없었습니다.

"다 읽었나?"

"네, 소장님."

그는 서류철을 열어 똑같은 출감 서류 두 장을 꺼냈습니다.

"받게, 자네 거야. 이것만 있으면 자네는 어디든 가고 싶은 곳으로 갈 수 있다네. 여기 서명하게, 얼룩지지 않게."

나는 그 종이를 반으로 접어 지갑에 넣었습니다. ……자유였지요! 그때 내 기분은 뭐라고 설명할 수 없습니다. 돈 콘라도는 진지한 태도로 내게 성실과 미풍양속에 대해 설교를 늘어놓았습니다. 그리고 충동을 자제하는 방법에 대해 네 가지 조언을 해 주었는데 만일 내가 그 충고를 명심했더라면 대단히 불쾌한 일들을 참고 넘길 수 있었을 겁니다. 이 모든 것이 끝나자 그는 마치 축제 피날레처럼 '죄수 갱생을 위한 부인회' 이름으로 내게 25페세타를 주었습니다. 그 단체는 우리 같은 죄수를 후원하기 위해 마드리드에서 결성된 자선단체였지요.

그가 벨을 누르자 간수 한 명이 들어왔습니다. 돈 콘라도는 내게 손을 내밀었습니다.

"잘 가게, 이 사람아. 주께서 자네를 보호해 주시기를!"

나는 기뻐서 어쩔 줄을 몰랐습니다. 그는 간수 쪽을 돌아보았지요.

"무뇨스, 이분을 문까지 배웅해 주게나. 먼저 관리과로 데려가게. 8일치 생계비를 보조받을 테니까."

나는 평생 무뇨스를 다시 만나지 못했지만, 돈 콘라도는 다시 보게 되었죠. 그랬습니다. 3년 반 뒤에 말이죠.

열차가 드디어 도착했습니다. 조금 빠르기도 하고 조금 늦기도 하지만 이 생에서는 모든 것이 도착합니다. 때로 도착하기보다는 멀어지기를 원하기는 듯한 피해자들의 용서를 제외하곤 말입니다. 나는 열차에 올라 하루하고도 반나절 동안 이리저리 부딪친 끝에 고향 역에 도착했습니다. 그곳은 내겐 너무도 익숙한 곳이었고 여행 내내 상상해 온 바로 그 모습이었습니다. 하늘나라에 계신 하느님이 아니라면, 아무도, 정말로 아무도 내가 도착했다는 소식을 알지 못했지요. 그런데도 나는 어떤 뚱딴지같은 생각에선지 모르겠지만, 사람들이 여기저기서 두 팔을 치켜들고, 손수건을 흔들고, 기쁨에 차서 내 이름을 부르며 플랫폼을 꽉 채운 모습을 한순간 상상했습니다.

도착하니 살을 에는 듯한 추위가 가슴을 뚫고 들어오더군요. 기차역에는 아무도 없었습니다. 한밤중이었죠. 역장인 그레고리오 씨가 한쪽은 녹색이고 다른 쪽은 붉은색인 신호등 등불과 양철 깃대에 감긴 깃발을 들고 이제 막 기차를 출발시키고 있더군요.

이제 그는 돌아서서 나를 알아보고는 환대해 줄 것입니다.

"이런, 파스쿠알 아닌가! 그런데 자네가 여기 웬일인가?"

"세뇨르 그레고리오, 나는 이제 자유로운 몸입니다!"

"세상에, 세상에나!"

그러고 나서 그는 더 이상 내게 아는 척을 하지 않고 뒤돌아서서는 자기 사무실로 들어가 버렸습니다. 나는 그에게 "이제 난 자유에요, 세뇨르 그레고리오! 자유라고요!"라고 소리치고 싶었습니다. 왜냐하면 그가 내 말을 제대로 알아듣지 못했다고 생각했거든요. 하지만 나는 그 말을 하지 않고 잠시 그 자리에 머물러 있었습니다.

관자놀이까지 피가 솟아올랐고 두 눈에서는 곧 눈물이 쏟아질 것 같았습니다. 그레고리오 씨에게 내가 자유의 몸이 되었다는 사실은 전혀 중요하지 않았던 것입니다.

나는 짐 꾸러미를 어깨에 짊어지고 역에서 나와, 우리 집까지 이어지는 오솔길을 따라 걷기 시작했습니다. 마을을 지나갈 필요가 없었지요. 슬펐습니다. 아주 슬펐지요. 그레고리오 씨가 몇 마디 말로 내 모든 기쁨을 죽여 버린 것입니다. 뿌리칠 수 없는 재수 없는 생각과 불길한 징조들이 내 과거를 떠올려 나를 괴롭혔습니다. 구름 한 점 없는 맑은 밤이었고, 성찬식 때 먹는 떡처럼 둥근 달이 하늘 한가운데에 걸려 있었지요. 나는 엄습하는 추위를 잊으려 애썼습니다.

조금 더 지나 길 중간쯤에 이르니 오솔길 오른편에 묘지가 보였습니다. 내가 떠났을 때와 마찬가지로 바로 그 자리에, 여전히 거무스름한 벽돌담에 둘러싸여서 말입니다. 전혀 변한 게 없는 높은 사이프러스 나뭇가지 사이에서 부엉이 한 마리가 울고 있었죠. 그 묘지에서 내 아버지는 울분을, 마리오는 천진함을, 내 마누라는 방종을, 그리고 싸가지는 오만함을 묻어 두고 잠들어 있었습니다. 또 유산된 아기와 꼬마 파스쿠알, 내 두 아이들의 유해가 썩어 가는 곳이기도 했지요. 꼬마 파스쿠알이 살아 있던 열한 달 동안 그 애는 내게 태양과도 같았는데…….

한밤중에 그렇게 혼자 마을에 도착하자니 마음이 무거웠습니다. 게다가 처음부터 묘지 옆을 지나가니 말입니다. 마치 우리 인간이 별 볼 일 없는 존재라는 것을 스스로 깨닫게 하기 위해, 하느님께서 일부러 내 앞에 묘지를 놓고 그곳을 지나가도록 하신 것 같았습니다.

내 그림자는 항상 길게, 아주 길게 늘어져서 유령처럼 나를 앞서 갔습니다. 그림자는 바닥에 착 달라붙어서는, 길을 따라 곧장 가기도 하고 때로 묘지 담장 위를 올라가기도 하면서 자기가 가고 싶은 대로 갔습니다. 나는 조금 달려 보았습니다. 그림자도 달려가더군요. 내가 멈춰 서자 그림자도 멈춰 섰고요. 하늘을 바라보니 근처에는 구름 한 점 없더군요. 내 그림자는 집에 도착할 때까지 한 걸음 한 걸음 나와 동행해 줄 것이었습니다.

불현듯 두려워졌습니다. 설명할 수 없는 두려움이었죠. 죽은 자들이 나를 보기 위해 해골이 되어 뛰쳐나오는 상상을 했습니다. 그래서 감히 고개도 들지 못하고 걸음을 재촉했지요. 몸 무게도 느껴지지 않았고 짐 보따리의 무게도 마찬가지였습니다. 나는 그 어느 때보다도 힘이 세진 것 같았죠. 그러다가 꽁무니를 빼고 달아나는 개처럼 전속력으로 달려가기도 했습니다. 미친놈처럼, 뭔가에 씐 놈처럼 달리고 또 달렸더랬죠. 집에 도착했을 때는 몹시 지쳐 있었습니다. 한 걸음도 더 옮길 수 없을 지경이었죠…….

나는 짐 보따리를 바닥에 내려놓고 그 위에 앉았습니다. 아무런 소리도 들리지 않았습니다. 로사리오와 어머니는 분명히 내가 도착한 것은 전혀 개의치 않고 잠들어 있을 터였습니다. 내가 자유의 몸이 되어 자신들과 불과 몇 발자국 거리에 있다는 사실과는 전혀 상관없이 말입니다. 누이가 잠자리에 들기 전에 자기가 가장 좋아하는 성모마리아께 나를 석방시켜 달라고 기도했을지 누가 알겠습니까? 그 시간에 내 평생 단 한 명의 진실한 사랑이었던 누이가, 자기를 추억하며 감옥에서 판자 위에 몸을 누이고 있을 나를 상상하며, 슬픔에 잠겨 불행한 나에 대해 꿈을 꾸고 있을지 누가 알겠습니까? 또는 악몽에 사로잡혀 질겁하고 있을지도 모르죠.

그런데 내가 그곳에, 벌써 그곳에 온 것이었습니다. 사과처럼 싱싱하게 다시 시작할 준비를 하고서 말입니다. 그녀를 위로하고, 귀여워해 주고, 또 그녀의 미소를 맞이할 준비가 된 채로 말이죠.

나는 무엇을 해야 할지 몰랐습니다. 로사리오와 어머니를 불러 볼까 생각했지만…… 놀라겠죠. 아무도 그런 시간에 부르지 않으니까요. 어쩌면 문을 열지 않을 수도 있습니다. 하지만 그 앞에 계속 서 있을 수도 없었습니다. 짐 보따리 위에 앉아 아침이 되기를 기다릴 수는 없으니까요.

길 쪽에서 두 사람이 큰 소리로 이야기를 나누며 다가왔습니다. 뭐가 그리 좋은지 들떠 있더군요. 그들은 알멘드랄레호 쪽에서 오고 있었는데 혹 애인을 만나고 오는지도 모르죠. 나는 그들을 곧바로 알아보았습니다. 마르티네테 동생인 레온과 애송이 세바스티안이었죠. 나는 몸을 숨겼습니다. 이유는 모르겠지만 그들이 나타나자 서둘러 몸을 숨기게 되더군요.

그들은 우리 집을 지나쳤습니다. 바로 내 옆을 지나갔기 때문에 그들의 대화가 잘 들렸습니다.

"자네, 파스쿠알 일은 알고 있지?"

"우리들 중 누구라고 그럴 수 있는 일이지."

"마누라를 지켜야 해."

"당연하지."

"지금쯤 그는 친차야 감옥에 있겠지. 기차로 하루도 넘게 걸리는 곳에 말이야. 벌써 3년이 다 돼 가는군……."

나는 너무 기뻤습니다. 순간 뛰쳐나가 모습을 드러내고 그들을 껴안을까 하는 생각이 번개처럼 지나갔습니다. 그러나 그러지 않기로 했습니다. 감옥에서 지내면서 나는 더 차분해지고, 충동을 자제할 줄 알게 되었던 거죠.

그들이 멀어질 때까지 기다렸습니다. 충분히 멀어졌다는 판단이 섰을 때 나는 숨어 있던 도랑에서 나와 우리 집 쪽으로 갔습니다. 문 앞에 짐 보따리가 있었는데, 그들이 미처 그걸 보지 못한 거죠. 만일 그들이 보따리를 봤다면 이쪽으로 다가 왔을 테고, 나는 그들에게 설명하기 위해 숨었던 곳에서 나와 야만 했을 겁니다. 그러면 그들은 내가 몸을 숨겼다고, 자신들을 피했다고 생각했겠죠.

더 이상 생각하고 싶지 않았습니다. 나는 집으로 다가가 문을 두 번 두드렸지요. 대답이 없었습니다. 몇 분을 더 기다렸지만 아무런 기척이 없었습니다. 이번에는 다시 더 세게 두드렸습니다. 집 안에서 불이 켜지더군요.

"누구요?"

"납니다!"

"누구라고?"

어머니 목소리였습니다. 그 목소리를 들으니 기쁘더군요. 거짓말이 아닙니다.

"나요, 파스쿠알."

"파스쿠알이라고?"

"네, 어머니. 파스쿠알이에요!"

문이 열렸습니다. 등잔불 불빛 때문에 어머니가 마녀처럼 보이더군요.

"뭘 원하느냐?"

"뭘 원하느냐고요?"

"그래."

"들어가야죠. 내가 뭘 원하겠어요?"

어머니가 이상했습니다. 왜 나를 그런 식으로 대했을까요?

"무슨 일 있었어요, 어머니?"

"아니, 왜 그러느냐?"

"아뇨, 어머니가 좀 꺼림칙해하는 것 같아서요."

어머니는 나를 다시 보고 싶어 하지 않았던 것 같습니다. 과거의 증오가 나를 다시 사로잡는 듯했죠. 나는 그 증오를 피하려고, 한쪽으로 밀어 놓으려고 했습니다.

"그런데 로사리오는요?"

"떠났다."

"떠나요?"

"그래."

"어디로요?"

"알멘드랄레호로."

"또요?"

"그래."

"정분이 났나요?"

"응."

"누구와요?"

"그게 너랑 무슨 상관이냐?"

온 세상이 내 머리를 내리누르는 것 같았습니다. 눈앞이 제대로 보이지 않았죠. 내가 꿈을 꾸고 있는 건 아닌가 생각해 보았습니다. 우리 두 사람은 잠시 아무 말이 없었습니다.

"그런데 왜 떠났죠?"

"글쎄다!"

"나를 기다리지 않았나요?"

"네가 올 줄 모르고 있었지. 로사리오는 항상 네 이야기를 했는데……."

가엾은 로사리오! 그렇게 착한 아이가 왜 이리도 불행하게 살아야 했는지!

"양식이 떨어졌었나요?"

"가끔은 그랬지."

"그래서 떠난 건가요?"

"난들 아니!"

우리는 다시 잠자코 있었습니다.

"그 애를 가끔 보나요?"

"그래, 자주 온단다. 사내 녀석도 이곳에 있으니까!"

"사내 녀석이요?"

"그래."

"그게 누구죠?"

"세바스티안이란다."

나는 죽고 싶었습니다. 감옥에서 나오기 전으로 돌아갈 수만 있다면 돈이라도 주고 싶은 심정이었죠.

18장

로사리오는 내가 돌아왔다는 소식을 듣자마자 나를 보러 왔습니다.

"오빠가 돌아온 걸 어제 알았어. 내가 얼마나 기뻐했는지 모를 거야!"

로사리오의 말을 듣고 나 역시 얼마나 기뻤던지요!

"그래, 알아, 로사리오. 상상이 가. 나도 너를 다시 볼 수 있기를 학수고대했어!"

우리는 마치 10분 전에 처음 알게 된 사람처럼 예의를 갖추고 있었습니다. 둘 다 자연스러워지기 위해 애를 썼지요. 잠시 후 나는 그저 말을 걸기 위해 질문을 했습니다.

"또다시 집을 나간 건 어떻게 된 거야?"

"그냥."

"그렇게 생활이 힘들었니?"

"많이."

"기다릴 수 없었어?"

"그러고 싶지 않았어."

목소리에 가시가 돋쳐 있었습니다.

"더 이상 불행을 겪고 싶지 않았어⋯⋯."

이해할 수 있었습니다. 누이는 가엾게도 이미 충분히 불행했으니까요.

"그런 얘기는 하지 말자, 오빠."

로사리오는 예의 그 미소를 지었습니다. 심성은 선하지만 불행한 모든 이들의 그 맥없고 슬픈 미소 말입니다.

"다른 얘기 하자. ⋯⋯내가 오빠 애인을 물색하고 있는 거 알아?"

"나를 위해서?"

"응."

"애인을?"

"그래, 오빠. 왜? 이상해?"

"아니, 뜻밖이라서. 누가 나 같은 놈을 좋아하겠니?"

"모든 여자가 다 좋아하지. 그럼, 내가 오빠를 좋아하지 않는다는 거야?"

이미 알고 있었지만, 로사리오가 나를 좋아한다는 고백에 나는 기분이 좋아졌습니다. 또 그 애가 나를 위해 애인을 물색하고 있다는 사실도 말입니다. 얼마나 뜻밖이었는지요!

"그런데 누구야?"

"엔그라시아 아주머니의 조카."

"에스페란사?"

"응."

"예쁜 애잖아!"

"오빠가 결혼하기 전부터 오빠를 좋아했대."

"아무 내색 없이 잘도 지냈군!"

"무슨 말을 하는 거야. 사람마다 다 다르잖아!"

"그러면 너는 그녀에게 어떻게 말했니?"

"아무 말도 안 했어. 언젠가 오빠가 돌아올 거라고만 했지."

"네 말대로 돌아왔어……."

"하느님 덕분이야."

로사리오가 나를 위해 준비해 둔 애인은 정말로 아름다운 여자였습니다. 롤라 같은 타입은 아니고 오히려 그 반대였는데, 롤라와 에스테베스의 마누라를 섞어 놓은 것 같은 스타일이었지요. 잘 살펴보면, 로사리오와 좀 닮은 구석도 있었고요. 그녀는 그때 서른이나 서른두 살쯤 되었는데, 겉보기에 젊다거나 청순해 보이지는 않았습니다. 그녀는 독실한 가톨릭 신자였고, 우리 고향 마을에서는 좀 드물게 신비주의에 빠진 듯했지요. 또 집시처럼 물 흐르듯이 살면서 늘 "왜 아등바등거리지? 다 정해져 있는데!"라고 확신에 차서 말했더랬죠.

그녀는 아주 어린 나이에 부모님을 여의고, 죽은 아버지의 배다른 동생인 엔그라시아 아주머니와 함께 언덕 위에서 살았습니다. 천성이 너그럽고 좀 수줍어하는 구석이 있었기 때문에, 누구도 그녀가 다른 이들과 다투는 걸 들었다거나 보았다고 말하지 못할 텐데, 고모인 엔그라시아 아주머니와는 더더욱 그랬겠죠. 고모를 대단히 존경하고 있었으니까요. 그녀는 보기 드물게 깔끔했고 사과처럼 안색이 좋았습니다. 얼마 뒤 내 마누라가 되자 ─ 내 두 번째 마누라였죠. ─ 우리 집을 확 바꿔 놓아 아무도 옛 모습을 알아볼 수 없게 만들었습니다.

처음으로 그녀 얼굴을 마주했을 때 우리 둘 사이에는 분위기가 그다지 자연스럽거나 순조롭지 않았습니다. 우리 두 사람은 서로에게 할 말을 이미 알고 있었고, 상대방의 행동을 염탐하듯 몰래 훔쳐보았죠.

우리는 단둘이 있었지만 그건 상관없었습니다. 한 시간을 함께 있었는데, 시간이 갈수록 말을 꺼내기가 더 힘들었습니다. 먼저 말문을 연 건 그녀였지요.

"살이 좀 쪄서 돌아왔네요."

"그럴지도 모르지."

"안색도 더 좋아졌어요."

"모두들 그렇게 말하더군……."

나는 내심 친절하고 말도 재치 있게 하는 사람으로 보이려고 노력했지만, 그럴 수 없었습니다. 마치 나를 질식시키려는 무게에 짓눌린 듯 멍청하게 있었죠. 그러나 그때의 기억은 내 생애 가장 흐뭇한 추억들 중 하나입니다. 만일 잃어버린다면 정말로 고통스러울 그런 추억 말입니다.

"그곳은 어때요?"

"좋지 않은 곳이야."

그녀는 생각에 잠긴 듯했습니다. 그녀가 뭘 생각하는지 알 턱이 없었죠!

"롤라 생각 많이 했어요?"

"가끔은. 거짓말해서 뭐하겠어? 하루 종일 생각만 했으니까, 모든 것을 다 생각했지. 싸가지 놈까지도 말이야!"

에스페란사의 얼굴이 약간 창백해지더군요.

"당신이 돌아와서 기뻐요."

"그래, 에스페란사. 나도 당신이 나를 기다려 줘서 기뻐."

"내가 당신을 기다려 줘서요?"

"응. 나를 기다리지 않았나?"

"누가 그런 말을 했죠?"

"누가 그러긴. 그냥 다 아는 거지!"

그녀의 목소리가 떨렸습니다. 그리고 그 떨림이 내게도 전달돼 나 또한 온몸이 떨렸습니다.

"로사리오가 그랬어요?"

"응. 그게 무슨 문제가 되나?"

"아네요."

그녀의 두 눈에 눈물이 고였습니다.

"나에 대해 어떤 생각을 했어요?"

"어떤 생각을 했길 바라는데? 아무 생각도 안 했어."

나는 서서히 그녀에게 다가가 두 손에 입을 맞추었습니다. 그녀는 내가 그렇게 하도록 가만히 있더군요.

"나는 이제 당신처럼 자유로워, 에스페란사."

* * * * * *

"마치 스무 살 때처럼 자유롭지."

에스페란사는 수줍어하며 나를 바라보았습니다.

"난 늙지 않았어. 먹고살 생각을 해야지."

"그래요."

"일거리도 찾고, 집도 정리하고, 인생에 대해서도 좀 생각을 해야 하고……. 나를 기다린 게 사실이야?"

"네."

"그런데 나한테 왜 말을 안 했지?"

"벌써 말했잖아요."

맞는 말이었습니다. 그녀는 이미 내게 말을 했더랬죠. 하지만 난 또다시 그 말을 듣고 싶었습니다.

"다시 한 번 말해 봐."

에스페란사 얼굴이 고추처럼 빨개졌습니다. 목소리는 나오자마자 죽어 버렸고, 입술과 코는 바람결에 나부끼는 나뭇잎처럼 떨렸습니다. 햇빛을 받으며 우쭐거리는 방울새의 솜털처럼 말입니다.

"당신을 기다렸어요, 파스쿠알. 당신이 빨리 돌아오기를 매일 기도했어요. 하느님이 내 기도를 들어주셨죠."

"맞아."

나는 다시 그녀의 두 손에 입을 맞추었습니다. 용기가 없어 그녀의 얼굴에 키스하지는 못했습니다.

"사랑해 줄 거죠? ……사랑해 줄 거죠……?"

"그래."

"내가 무슨 말을 하고 싶은지 알죠?"

"그래. 말 안 해도 알아."

그녀는 갑자기 얼굴이 환해졌습니다. 마치 해가 뜨는 것처럼 말입니다.

"키스해 줘요, 파스쿠알……."

그녀는 목소리를 바꾸고, 천박한 여자처럼 눈을 게슴츠레

떴습니다.

"당신을 오랫동안 기다렸어요!"

나는 열정적으로 격렬하게 입을 맞추었습니다. 그 어느 여자에게도 보여 주지 않았던 애정과 사랑을 담아서 오래, 아주 오랫동안 말입니다. 내가 입술을 떼었을 때 내 속에는 더 진실한 애정이 자리 잡고 있었습니다.

19장

    결혼한 지 두 달이 지났을 무렵, 나는 어머니가 계속해서 내가 수감되기 전과 똑같은 술수와 속임수를 쓰고 있다는 사실을 알게 되었습니다. 사람을 피하는 듯한 냉담한 행동과 의도적으로 상처를 주려는 대화, 그리고 나와 이야기할 때 사용하는 꾸며 낸 목소리로 ── 어머니의 다른 모든 것처럼 목소리도 가식적이었습니다. ── 내 피를 끓게 했지요. 마누라도 어머니와 잘 지내보려 했지만 ── 선택의 여지가 없었지요! ── 어머니는 마누라를 그냥 두고 보지 못했고 마누라에게 적대감을 감추지 않아, 어느 날 너무 힘들어하던 에스페란사가 몇 가지 방식으로 내게 하소연했습니다. 나는 '땅을 나누는' 방법 말고는 다른 해결책이 없음을 깨닫게 되었지요. 땅을 나눈다는 것은 두 사람이 멀리 떨어진 마을에서 각각 살기로 할 때 쓰는 말입니다. 그러나 엄격하게 얘기하면, 누군가가 딛고 있는 곳과 다른 이가 잠을 자는 곳 사이에 6미터 높이의 차이가 있다는 의미이기도 하지요.

멀리 이사를 갈까 하는 생각이 머릿속에서 여러 번 맴돌았습니다. 라코루냐도 생각했고 마드리드도 생각했고 또 주도(州都)인 바다호스에 더 가까운 곳도 생각해 보았지만, 나는 겁이 많아서인지 결단성이 없어서인지 계속해서 그 일을 미루기만 했습니다. 그러다가 나는 도망쳤는데 그것은 나와 내 육체를 나누고, 나와 내 기억을 나누며, 나와 다른 이들을 나누는 것이 너무도 필요했기 때문이었지요. 그 땅은 내가 내 범죄로부터 도망치기에 충분히 넓은 곳이 아니었습니다. ……그 땅은 내 의식의 절규를 듣지 못할 만큼 넓지도 길지도 않았던 겁니다.

나는 내 그림자와 나 사이를, 내 이름과 나 사이를, 내 기억과 나 사이를, 내 육체와 나 자신 사이를 나누고 싶었습니다. 그림자와 이름, 기억과 육체가 없다면 나 자신은 거의 아무것도 아닐 테니까요.

죽은 사람처럼 지워지는 게, 갑자기 땅속으로 꺼져 버리듯 사라지는 게, 한줄기 연기처럼 바람에 흩어지는 게 더 나을 때가 있습니다. 그렇게 되지는 못하겠지만 만일 그럴 수만 있다면 우리는 천사가 되어 범죄와 죄악의 구덩이에 더 이상 빠지지 않을 것입니다. 또 선생님께 분명히 말씀드리지만 우리 영혼의 감각을 마비시키기 위해 화덕에 풀무질해 대는 그 누군가가 끊임없이 자신의 존재를 주장하지만 않는다면, 우리는 기억할 아무런 이유가 없는 그 오염된 육신의 굴레에서 — 그건 참으로 끔찍하지요. — 해방될 겁니다. 과거의 죄악이 남겨 놓은 문둥병의 악취처럼, 또는 희망이 죽어 버린 납골당에서 — 이미 오래전부터, 거의 태어나면서부터 우리 슬픈 삶은 이렇게 희망 없는 납골당이었지요. ── 우리를 부패시키는 사악함으로부터 벗어나지 못하는 고통처럼 고약한 냄새를 풍기는 것도 없지요!

죽음에 대한 생각은 언제나 늑대의 발걸음처럼 느리고 구렁이의 몸놀림처럼 징그럽게 다가옵니다. 모든 끔찍한 상상처럼 말입니다. 우리의 마음을 어지럽히는 생각들은 결코 갑자기 찾아오지 않습니다. 갑작스러운 사건은 잠시 동안 우리를 숨막히게 하지만, 나중에는 상당히 많은 세월을 선사하니까요. 우리를 완전히 미쳐 버리게 하고 아주 슬프게 하는 광기는 언제나, 마치 안개가 평원을 공격하듯, 결핵이 폐를 공격하듯 느낄 수 없을 정도로 서서히 도착합니다. 치명상을 입힐 때까지 지칠 줄 모르고 전진하지만 맥박이 뛰듯 규칙적으로 천천히, 서서히 다가오지요. 지금은 그것을 깨닫지 못합니다. 아마 내일도, 모레도, 또 한 달 내내 깨닫지 못할 겁니다. 그러나 그 한 달이 지나가면, 음식에서 쓴맛이 난다는 걸 느끼기 시작할 거고 추억은 고통스러워질 겁니다. 이미 우리는 낙인이 찍혀 있으니까요. 많은 낮과 밤이 지나면서 우리는 사람을 피하고 홀로 남게 됩니다. 우리 머릿속은 여러 생각들로 뒤죽박죽인데 그 생각들은 우리 머리를 없애 버릴 수도 있겠지요. 그토록 잔인하게 계속해서 그런 생각을 하지 않기 위해서일지 누가 알겠습니까. 혹 몇 주 동안 별다른 변화 없이 지낼 수도 있습니다. 주변 사람들은 이제 우리의 무관심에 익숙해져서 우리의 존재가 이상해 보이지도 않게 됩니다. 그러나 어느 날 사악함이 나무처럼 자라고 살쪄서, 이제 우리는 남들에게 인사도 하지 않게 되지요. 사람들은 다시 우리를 이상한 존재 또는 사랑에 빠져 넋이 나간 존재로 느끼게 됩니다. 우리는 점점 여위어 가고, 턱수염은 갈수록 더 늘어져 버릴 겁니다. 그러면 우리는 스스로에 대해 살의를 띤 증오를 느끼기 시작하지요. 그 누가 바라보는 것도 견딜 수 없게 됩니다. 마음이 아프지만, 그건 중요하지 않습니다! 아픈 게 더 낫지요! 힘을 주어 바라보면 독이 차올라 눈이 아릿아릿합니다. 악마는 우리의 고통을 눈치채고는 자신만만합니다. 본능은 거짓말하지 않으니까요. 불행은 즐겁고 정겹습니다. 그리고 우리는 이제 영혼의 일부가 되어 버린 불행을 넓은 유리 광장 위로 질질 끌고 가면서 아주 즐거워합니다. 암노루처럼 도망가거나 깜짝 놀라 꿈에서 깨어날 때, 우리는 이미 악에 물들어 버린 겁니다. 그러면 이제 해결책도, 그것을 되돌리기 위한 수단도 없는 법이지요. 그때 아찔한 나락으로 떨어지기 시작하는데, 그러면 우리는 다시 살아서 일어설 수 없습니다. 아마 마지막에 조금 일어설 수도 있겠군요. 머리부터 지옥으로 떨어지기 전에 말입니다. ……끔찍하죠.

어머니는 계속해서 내 성질을 건드리는 재미로 사는 사람이었습니다. 나는 시체 냄새를 맡고 파리 떼가 모이듯 악해져 갔죠. 참고 삼킨 미움에 중독된 내 마음은 아주 사악한 생각들을 만들어 내, 나는 스스로의 분노에 놀랄 정도였습니다. 어머니가 꼴도 보기 싫었습니다. 하루하루 똑같은 날들이 지나갔습니다. 내장에 박혀 있는 고통도, 시야를 가리는 폭풍의 전조도 한결같은 채 말입니다.

칼을 사용하기로 결심한 날, 나는 참으로 지쳐 있었습니다. 악의 피를 보아야 한다고 확신하고 있었기에 어머니의 죽음에 대한 생각도 내 맥박에 전혀 영향을 주지 못했지요. 그것은 운명적인 것이었습니다. 일어날 일이었고, 결국 일어났지요. 또 내가 저지를 것이었고, 피하려 해도 피할 수 없는 것이었습니다. 왜냐하면 생각을 바꾸는 것, 뒤로 돌아가는 것이 불가능해 보였기 때문입니다. 그것은 아직 벌어진 일이 아니라는 이유로 피할 수 있는 성질의 것이 아니었지요. 하지만 당시에 나는 농부가 밀 농사를 계산하고 구상하듯이 그 일을 계획하는 것을 즐기고 있었습니다.

나는 모든 것을 순조롭게 준비했습니다. 힘을 얻고 용기를 내기 위해 같은 생각을 하며 기나긴 밤들을 지새웠습니다. 사냥용 칼을 갈았습니다. 그 칼은 옥수수 잎같이 길고 넓은 칼날에, 그 칼날을 가로지르는 홈이 파여 있고, 결투 분위기가 나는 자개 손잡이가 있었지요. 이제 날짜를 정하는 일만 남았습니다. 어떤 대가를 치르든지 망설이지도, 뒤를 돌아보지도 말고 끝까지 가야죠. 침착하게 말입니다. ……그러고 나서 칼로 찌르고, 냉정하면서도 재빠르게 칼로 찌르고 멀리, 아주 멀리, 라코루냐까지 도망가는 거죠. 아무도 그 일을 모르는 곳으로, 모두가 잊을 때까지 내가 평화롭게 지낼 수 있는 곳으로 말입니다. 다시 돌아와 새로운 인생을 맞이하기 위해서는 사람들의 망각이 필요하니까요.

양심의 가책은 없었습니다. 그럴 이유가 없었죠. 그저 아이를 걷어차거나 제비를 떨어뜨리는 정도의 나쁜 짓을 했다는 것만이 마음에 걸렸을 뿐입니다. 그러나 증오가 유발한 행동, 우리를 괴롭히는 강박적인 생각에 취해 저지른 행동에 대해서는 결코 후회할 필요가 없고, 전혀 양심의 가책을 느끼지 않는 법입니다.

1922년 2월 10일이었습니다. 그해 2월 10일은 금요일이었지요. 이 지방에서 흔히 그렇듯 맑은 날이었습니다. 내 기억에 그날도 햇볕이 좋아, 광장에는 더없이 많은 아이들이 밖으로 나와 구슬치기 등을 하며 놀고 있었지요. 그 일에 대해 많은 생각을 했습니다. 그러나 나는 스스로를 설득하려고 노력했고 뜻한 대로 되었지요. 예전으로 돌아가는 것은 불가능했을 겁니다. 그것은 내게 치명적인 것이어서 나를 죽음으로 몰아세웠겠죠. 자살이라도 했을지 누가 압니까. 구아디아나 강바닥이나 기차 바퀴 밑에서 나를 발견했을 수도 있었을 테지요. ……아뇨, 포기란 불가능했습니다. 끝장을 볼 때까지 앞으로, 항상 앞으로 계속 나아가야만 했습니다. 그것은 이제 자존심 문제가 된 것입니다.

마누라는 무슨 낌새를 알아차렸지요.

"무슨 짓을 할 거죠?"

"아무 짓도 안 해. 왜 그러는데?"

"모르겠어요. 그냥 당신이 좀 이상해 보여서요."

"쓸데없는 소리!"

마누라를 진정시키기 위해 나는 그녀에게 입을 맞추었습니다. 그것이 내가 그녀에게 했던 마지막 입맞춤이었죠. 당시에는 그걸 알 길이 없었네요! 만약에 그걸 알았다면 몸이 떨렸을 겁니다.

"왜 키스를 하죠?"

그 말에 나는 당황했습니다.

"내가 당신에게 키스하지 못할 이유라도 있나?"

마누라의 말은 많은 생각을 하게 했습니다. 마치 앞으로 일어날 모든 일을 알고 있는 듯, 이미 다 알고 있는 듯했지요.

태양은 여느 때와 똑같은 곳으로 떨어졌습니다. 밤이 왔죠. ……우리는 저녁을 먹었고…… 사람들은 잠자리에 들었습니다. 나는 언제나처럼 혼자 남아 화로에 살아 있는 불씨를 뒤적거리고 있었죠. 마르티네테의 술집에 발길을 끊은 지는 오래되었습니다.

드디어 기회가 왔습니다. 그토록 오랫동안 기다려 왔던 기회였죠. 용기를 내야만 했습니다. 그것도 빨리, 가능한 한 빨리 일을 끝마쳐야 했지요. 밤은 짧은데 나는 모든 일을 밤사이 끝내야 했습니다. 그리고 동이 틀 때는 마을에서 멀리 벗어나 있어야만 했지요.

한참 동안 귀를 기울이고 있었습니다. 아무런 소리도 들리지 않았습니다. 마누라 방에 가 보니, 그녀가 잠들어 있기에 그대로 내버려 두었습니다. 어머니도 분명 잠들어 있을 터였습니다. 나는 다시 부엌으로 돌아와 신을 벗었습니다. 바닥은 차가웠고 깔아 놓은 돌멩이들이 발바닥에 박혔습니다. 나는 칼을 빼 들었죠. 칼날이 불빛을 받아 태양처럼 번득였습니다.

어머니가 거기 있었습니다. 시트 안에 누워 베개에 얼굴을 처박고 말입니다. 그 위에 달려들어 칼로 찌르기만 하면 되었습니다. 움직이지도 못하고, 깩소리도 못하겠죠. 그럴 시간도 주지 않겠지만……. 그녀는 팔 뻗으면 닿을 거리에 있었습니다. 깊이 잠들어서 앞으로 일어날 일은 꿈에도 모른 채 말입니다. 맙소사! 암살당하는 이들은 언제나 자기 운명을 전혀 모르는 법이지요! 결단을 내리고 싶었습니다. 그러나 그러지 못했습니다. 팔을 한 번 쳐들었지만 다시 내려뜨리고 말았습니다.

두 눈을 감고 찔러 버릴까도 생각했습니다. 그럴 수 없었지요. 눈을 감고 찌르는 것은 찌르지 않는 것과 같고, 허공에 칼질을 하는 것과 다를 게 없으니까요. 찌를 때는 두 눈을 부릅뜨고 모든 감각에 집중해야만 했습니다. 침착함을 유지해야 했지요. 어머니의 몸뚱아리를 보고 흐트러지기 시작할 것만 같았던 침착함을 잃지 않아야 했지요. 시간이 흘렀지만, 나는 끝내 버릴 결심을 하지 못한 채 동상처럼 우두커니 그곳에 서 있었습니다. 그럴 수 없었습니다. 어찌 됐든 내 어머니였던 것입니다. 나를 낳아 준, 그리고 단지 그 이유만으로도 용서해야만 할 여자였습니다. ……하지만 아니었습니다. 나를 낳았기 때문에 그녀를 용서할 수는 없었습니다. 그녀는 나를 세상에 던져 놓았을 뿐, 아무것도 정말로 아무것도 해 준 게 없었지요. ……지체할 시간이 없었습니다. 결단을 내려야 했지요. 그렇지만 손에 칼을 들고 잠든 것처럼 서 있었지요. 살인자의 밀랍 인형처럼 말입니다. ……나는 스스로를 설득하려고, 용기를 회복하고 힘을 집중하려고 애썼습니다. 재빨리, 신속하게 끝장을 보겠다는 욕구, 그러고 나서 어느 쪽으로든 뛰쳐나가 지쳐 쓰러질 때까지 달려가겠다는 욕구가 불타올랐습니다. 나는 지쳐 갔습니다. 어머니 옆에서 마치 그녀를 지켜 주는 것처럼, 그녀의 단잠을 지켜 주는 것처럼 한 시간을 보냈지요. 어머니를 죽이러, 칼로 어머니의 목숨을 빼앗으러 그곳에 갔는데도 말입니다!

아마 또 한 시간이 지나고 있었을 겁니다. 안 되는 거였습니다. 결국은 안 되는 거였지요. 그럴 수 없었습니다. 그것은 내 능력 밖의 일이고 또 내게로 피를 되돌리는 일이었지요. 나는 도망갈 생각을 했습니다. 밖으로 나갈 때 소리가 날 테죠. 그러면 어머니가 잠에서 깨어날 것이고, 나를 알아볼 겁니다. 불가능했습니다. 도망칠 수도 없었지요. 이제 틀림없이 나는 몰락의 길을 걸어갈 것이었습니다. ……가능한 한 빨리 끝장을 보기 위해서는 칼로 찌르는 수밖에는, 신속하면서도 무자비하게 찌르는 수밖에는 해결책이 없었지요. 하지만 그럴 수도 없었습니다. ……나는 조금씩 더 깊이 빠져드는 수렁에 있는 것 같았습니다. 빠져나갈 방법도, 뾰족한 수도 없었죠. 진흙이 목구멍에까지 차올랐습니다. 고양이처럼 빠져 죽을 지경이었죠. ……죽이는 건 나로서는 완전히 불가능한 일이었습니다. 나는 온몸이 마비된 듯 가만히 있었습니다.

나는 그곳을 벗어나기 위해 뒤돌아섰습니다. 방바닥에서 삐거덕거리는 소리가 났습니다. 그러자 어머니가 침대에서 돌아누웠습니다.

"거기 누구요?"

그랬습니다. 이제 해결책은 없었습니다. 나는 그녀 위에 올라타 꼼짝 못하게 했습니다. 그녀는 용을 써 빠져나갔고……그러다가 내 목을 붙잡았습니다. 그녀는 귀신 들린 사람처럼 소리를 질러 댔습니다. 우리는 부둥켜안고 싸웠습니다. 그것은 선생님께서 상상하실 수 있을 가장 끔찍한 싸움이었죠. 우리는 입에 게거품을 물고 짐승처럼 울부짖었습니다. ……그렇게 엎치락뒤치락하다가 나는 마누라를 발견했습니다. 감히 들어오지도 못하고 문 앞에 선 채 얼굴이 시체처럼 새하얘졌더군요. 마누라는 등불을 들고 있었는데, 그 불빛에 나는 어머니 얼굴을 볼 수 있었습니다. 부활절 행렬의 속죄자 옷처럼 검붉은 얼굴을 말입니다. 우리는 계속 싸웠습니다. 내 옷이 찢겨 가슴이 드러났습니다. 그 귀신 들린 여자는 악마보다도 더 힘이 셌습니다. 나는 그녀를 제압하기 위해 젖 먹던 힘까지 내야 했지요. 그러나 내가 그녀를 꼼짝 못하게 할 때마다 그녀는 내게서 빠져나왔습니다. 그녀는 나를 할퀴고, 발길질을 해 대고 주먹으로 내리쳤으며 깨물어 뜯었습니다. 그러다가 내 젖꼭지를 입으로 물고는 ― 왼쪽 젖꼭지였습니다. ― 뿌리째 뽑아 버렸습니다. 바로 그때 나는 그 목덜미에 칼날을 쑤셔 넣을 수 있었지요……

봇물이 터지듯 피가 튀어 내 얼굴을 때렸습니다. 그것은 내장처럼 따뜻했고, 양의 피와 똑같은 맛이었습니다.

나는 그녀를 밀어내고 도망쳐 나왔습니다. 입구에서 마누라와 부딪치는 바람에 등불이 꺼져 버렸지요. 나는 들판을 향해 쉼 없이 몇 시간 동안이나 뛰고 또 뛰었습니다. 들판은 시원했고 안도감 같은 기분이 혈관을 타고 흘렀습니다.

그제야 숨을 쉴 수 있게 되었죠…….

옮겨 쓴 이의 또 다른 메모

여기까지가 파스쿠알 두아르테의 육필 원고이다. 그가 즉시 교수형에 처해졌는지, 아니면 시간이 조금 더 있어 자신의 이야기를 썼는데 그 원고들이 소실됐는지는 아무리 애를 써도 밝혀낼 수가 없었다.

이미 말했듯이, 앞에서 내가 옮겨 놓은 것을 발견했던 알멘드랄레호의 약국 주인인 베니그노 보니야 씨는 내가 계속해서 그 원고를 찾을 수 있도록 모든 편의를 제공해 주었다. 나는 양말을 뒤집듯 약국을 한바탕 뒤집어 놓으며, 사기그릇 바닥과 플라스크 뒤, 옷장 위아래, 그리고 중탄산염을 넣은 상자까지 살펴보았다. ……그러면서 나는 '사카리아스 아들의 연고', '목동 고약', '마부 고약', '타르와 로진 연고', '돼지 빵 연고', '월계수 연고', '자비의 연고', '양의 설사를 멎게 하는 고약' 등의 예쁜 이름들을 배웠고, 겨자 때문에 기침했으며 쥐오줌풀* 때문에 헛구역질했고 암모니아 때문에 눈물을 흘렸다. 그러나 찾는 것을 손에 넣기 위해 아무리 뒤져 보고 성 안토니오**에게 기도해 봐도 소용이 없었다. 도저히 발견할 수 없었던 것으로 보아, 그 무엇인가는 존재하지 않는 게 틀림없다.

파스쿠알 두아르테의 말년에 대한 자료가 절대적으로 부족하다는 것은 적잖은 골칫거리이다. 그 자신의 증언에 근거해 그리

---

* 진정제를 만드는 원료로 사용된다.

** 잃어버린 물건을 찾아 주는 성인.

어렵지 않게 추측해 보건대, 분명해 보이는 것은 그가 다시 친치야의 감옥으로 돌아갔다는 것과 거기서 1935년까지 ─ 혹 1936년까지일지도 모르겠지만 ─ 머물렀다는 것이다. 물론 그는 내전이 시작하기 전에는 감옥에서 나오지 못했던 것 같다. 전혀 알아낼 방도가 없는 것은 그가 고향 마을에서 15일 간의 혁명 기간 동안에 보낸 행적이다. 토레메히아 백작인 곤살레스 델 라 리바씨의 살해 사건을 제외하면 ─ 그 사건으로 파스쿠알은 유죄판결을 받았고 그 역시 범행을 시인했다. ─ 아무것도, 더 이상 아무것도 그에 대해 알 수가 없었다. 그리고 자명한 것은 그 범죄에 대해서도 어찌할 도리 없이 우리는 분명한 것만을 알 뿐, 그가 지녔던 동기와 그의 충동을 부추긴 것에 대해서는 모른다는 것이다. 왜냐하면 파스쿠알은 마음이 내킬 때를 제외하곤 고집을 부리며 아무 말도 하지 않았는데, 그 마음 내킬 때가 아주 적었기 때문이다. 만일 그의 처형이 어느 정도 연기되었다면, 그는 자신이 기억하는 것을 제대로 끝마치고 좀 더 많은 것을 이야기해 줄 수 있었을 것이다. 하지만 분명한 것은, 그렇게 되지 않았기에, 그의 말년에 있는 며칠간의 공백은 허구에 기초해서만 메워질 수 있을 것이다. 물론 그런 해결책은 이 책의 진정성에 상반되는 것이지만 말이다.

돈 호아킨 바레라에게 보내는 파스쿠알 두아르테의 편지는 12장과 13장을 쓸 때 작성한 것임에 틀림없다. 12장과 13장은 돈 호아킨 바레라에게 보낸 편지에 사용한 것과 동일한 검붉은 잉크를 사용했던 것이다. 그가 말했던 것처럼 결국에 그의 이야기가 중단된 것이 아니라 그가 적절한 시점에 적절한 효과를 얻기 위해 편지를 치밀하게 준비했음을 보여 주는 것으로, 이는 언뜻 보이는 것처럼 파스쿠알이 건망증이 있거나 멍청하지 않고 신중하다는 것을 드러낸다. 대단히 분명한 사실은 원고 묶음이 바다호스의 감옥에서 메리다에 있는 바레라 씨의 집까지 옮겨졌다는 것인데, 이는 이 일을 맡았던 치안대 상병 세사레오 마르틴이 그렇게 말했으므로 명백한 사실이다.

파스쿠알의 말년에 대해 가능한 한 분명하게 밝히고 싶은 열망에 나는 당시 교도소 전속 사제였고 지금은 바다호스 지방 마가셀라 읍의 교구신부인 돈 산티아고 루루에냐와 당시 치안대 이등병으로 바다호스 교도소에서 근무했다가 지금은 레온 지방 라베시야 읍 지구대 상병으로 있는 세사레오 마르틴에게 편지를 보냈다. 이 두 사람은 직무상 파스쿠알이 죗값을 치를 때 그의 곁에 있었던 사람들이다.

여기 그들의 편지가 있다.

마가셀라 읍(바다호스 지방)에서, 1942년 1월 9일에.

매우 존경하는 고매하신 선생님께

본인은 분명 뒤늦은 지금에서야 선생님께서 지난 12월 18일에 보낸 정중한 편지와 불행한 두아르테의 회고록을 담은 359장의 타이핑된 원고를 받았습니다. 바다호스 교도소의 현 전속 사제이자 젊은 시절 살라망카 시의 신학교에서 저와 함께 수학했던 돈 다비드 프레이레 앙굴로께서 이 모든 것을 보내 주셨지요. 봉투만 뜯어 놓고 이 글을 쓰는 지금 저는 제 양심의 절규를 진정시키고 싶습니다. 그리고 내일 선생님의 지시와 제 호기심에 따라 동봉한 원고 뭉치를 읽고 난 후, 하느님의 힘으로 계속해서 글을 쓰려 합니다.

(1월 10일에 계속 씁니다.)

비록 헤로도토스는 고백이란 고상한 읽을거리는 아니라고 했지만, 저는 방금 전 파스쿠알의 고백을 단숨에 다 읽어 버렸습니다. 그의 고백이 제 정신에 남긴 깊은 인상에 대해, 그 깊은 자국, 제 영혼에 만들어 놓은 그 깊은 골에 대해 선생님은 모르실 겁니다. 저는 농부가 가장 찬란한 수확을 할 때와 같은 기쁨으로 파스쿠알의 마지막 참회의 글을 읽었습니다. 저는 하나님의 종으로서, 비록 그 영혼의 기저에 가 보면 그가 인생에 놀라 궁지에 몰린 온순한 양에 불과하다는 것을 알게 될 테지만, 아마도 대부분의 사람들에게 짐승처럼 여겨지는(그의 감옥으로 불려 갔을 때 저 역시도 그렇게 생각했더랬지요.) 그 남자의 글을 읽으면서 깊은 감명을 받았습니다.

그는 본보기가 될 만큼 죽음을 잘 준비했지요. 다만 마지막 순간에 용기가 부족하여 무너져 버리는 통에 가엾게도 조금만 더 용기를 냈더라면 겪지 않았을 정신적인 고통을 당했습니다.

그는 영혼의 과제를 침착하고 차분하게 처리해 저를 어리둥절하게 만들 정도였고, 사형장에 끌려가는 순간에는 모든 사람들 앞에서 "주님의 뜻이 이루어지소서!"라고 말해 그렇게나 온순하게 교화된 모습으로 우리를 놀라게 했습니다. 악마가 그의 마지막 순간을 빼앗아 가 버린 것이 안타깝군요! 그러지 않았다면 그의 죽음은 분명 성스러운 것이 되었을 것이기 때문입니다. 그랬다면, 그 죽음을 목격하는 우리들 모두에게 귀감이 되고(말씀드린 대로 통제력을 잃기 전까지는 말입니다.) 저도 제가 본 것에서 영혼의 사제라는 제 귀한 직분에 유익한 결과를 얻을 수 있었을 겁니다. 하느님께서 그를 그 성스러운 품으로 품어 주시길!

귀하께서 이 보잘것없는 자가 보내는 애정 어린 안부를 혜량하시기를 기원합니다.

산티아고 루루에냐 사제 드림.

추신: 부탁하신 파스쿠알의 사진을 구해 드릴 수 없고, 또 어떻게 하면 그걸 구할 수 있는지에 대해서도 말씀드리지 못해 안타깝군요.

위의 것이 첫 번째 편지이다. 그리고 한 통의 편지가 더 있다.

라베시야 읍(레온 지방)**에서, 1942년 1월 12일에.**

존경하는 선생님께

12월 18일자로 보내신 친절한 서신은 잘 받아 보았습니다. 그때나 지금이나 건강하시기를 기원합니다. 저는 하느님의 은혜 덕분에 잘 지내고 있습니다. 비록 극악무도한 범법자에게조차 가혹하다고 할 수 있는 이런 날씨 속에서 곤봉보다 더 긴장하며 지내고 있지만 말입니다. 그럼 제게 요구하셨던 것에 대해 말씀드리겠습니다. 그렇게 하지 않을 이유도 없으니까요. 만약 하지 않을 이유가 있다면 저는 한 마디도 말할 수가 없을 것이기에, 선생님께서 저를 용서해 주셔야만 했을 겁니다. 제게 말씀하셨던 그 파스쿠알 두아르테라는 자에 대해서는 기억이 납니다. 그는 우리가 오랫동안 감시해야 했던 가장 유명한 죄수였거든요. 제게 천만금을 주어도 그자의 정신 건강에 대해서는 믿을 수가 없었을 겁니다. 왜냐하면 그는 정신병에 걸린 것 같은 짓거리들을 공공연하게 하고 다녔거든요. 첫 번째 고해를 하기 전까지는 모든 것이 좋았습니다. 하지만 그는 첫 번째 고해를 하고 나서부터 근심과 후회를 하기 시작했고 속죄를 통해 고통과 양심의 가책에서 벗어나고자 하는 것이 역력했지요. 월요일은 그의 어머니가 죽은 날이고, 화요일은 그가 토레메히아 백작을 죽인 날이고, 그리고 수요일은 누군가 다른 사람이 죽은 날이기 때문에 그 불쌍한 자는 음식에 입도 대지 않고 일주일의 반을 보내곤 했습니다. 결국 그는 살이 너무도 빨리 빠져서, 사형장에서 사형집행인이 별로 힘들이지 않고 그의 목구멍 한가운데에 나사 두 개를 박아 넣을 수 있을 것 같았지요. 아주 가엾은 그는 마치 열병에 사로잡힌 듯 글을 쓰면서 며칠을 보내곤 했습니다. 그가 아무도 괴롭히지 않자 사람 좋은 교도소장이 우리들에게 그가 계속해서 글을 쓰는 데 필요한 것을 공급해 주라고 명령했기 때문에 그자는 안심하면서 한순간도 허비하지 않았지요. 한번은 나를 불러서 아직 봉해지지 않은 봉투 안에 있는 편지 하나를 보여 주었는데("원하시면 읽어 보시라고요."라며 그가 내게 말했더랬지요.) 그것은 메리다 시의 돈 호아킨 바레라 로페스께 보내는 것이었습니다. 그리고 다음과 같이 말했는데, 나는 그것이 간청이었는지 명령이었는지 지금도 알 수가 없습니다.

"내가 죽으러 가면, 이 편지는 가져가시고, 이 많은 원고들은 좀 정리해서 모두 이분께 전달해 주십시오. 아시겠어요?"

그러고 나서 그는 신비로운 시선으로 내 두 눈을 바라보아 나를 놀라게 하며 덧붙여 말했습니다.

"하느님께서 당신께 갚아 주실 겁니다……. 내가 그렇게 기도할 테니까요."

저는 그의 말을 들어주었습니다. 왜냐하면 그것이 나쁜 일 같아 보이지 않았고, 또 저는 항상 죽은 사람들의 뜻을 존중해 왔기 때문이었죠.

저는 그의 죽음에 대해서 아주 평범하며 가엾은 것이었다는 말만 하겠습니다. 비록 처음에는 우쭐대며 모든 사람들 앞에서 "주님의 뜻이 이루어지소서!"라고 말해 우리를 놀라게 했지만, 곧 그 침착함을 잃어버렸습니다. 교수대를 보고는 의식을 잃더니 다시 정신이 돌아온 다음에는 죽고 싶지 않다고, 자기에게 그렇게 할 권리가 없다고 소리쳐 대는 바람에 교수대 의자까지 질질 끌려가야 했지요. 거기서 그는 교도소의 전속 사제였고 또 그야말로 성자이셨던 산티아고 신부님이 보여 준 십자가에 마지막으로 입을 맞추었습니다. 그리고 침을 뱉고 발을 동동 구르면서 최후를 맞이했지요. 그는 그 자리에 모인 사람들을 아랑곳하지 않고, 죽음에 대한 두려움을 만천하에 드러내면서, 한 사람이 죽을 수 있는 가장 천박하고 저질스러운 방식으로 죽은 겁니다.

책이 인쇄된 후, 만일 가능하시다면 제게 한 권이 아니라 두 권을 보내 주실 것을 간청합니다. 괜찮으시다면, 한 권은 우편으로 책값을 내겠다고 한 지구대 중위에게 주려고 합니다.

귀하께 도움이 됐기를 바라며, 정중히 작별을 고합니다.

세사레오 마르틴 드림.

추신: 제가 귀하의 편지를 받는 데 시간이 좀 걸렸기 때문에 이로 인해 두 편지의 날짜 사이에 큰 차이가 있는 것입니다. 편지는 바다호스에서 제게 보낸 것인데 저는 이곳에서 10일인 토요일, 즉 그저께 그 편지를 받았습니다. 안녕히.

이분들이 써 놓은 것에 내가 무슨 말을 덧붙일 수 있겠는가?

마드리드, 1942년 1월에.

작품 해설

1 내전 이후의 스페인

1936년 7월에 시작되어 1939년 4월에 종결된 스페인 내전은 스페인 현대사의 커다란 상처였다. 그것은 문학적으로도 큰 의미를 지니는데, 전쟁 이전 스페인 문단에 존재했던 두 가지의 큰 흐름, 즉 '비인간화된 예술'과 '사회참여 문학'이라는 두 종류의 물줄기를 끊어 버린 것이다. 그리고 또 다른 한편으로 내전은 '방랑하는 스페인'이라 표현되는 많은 망명 작가들을 양산하며 스페인 문단을 내부 문단과 망명 문단으로 분할해 버렸다. 내전으로 당시 스페인 인구 약 2100만 명 중 약 100만 명이 사망했고, 종전 후에도 1만 명이 처형되었으며 25만 명이 투옥되었다. 더욱이 이들 사망자 중 직접적인 전투에서 죽은 이는 10만 내지 15만 명으로 보이는 데 비해 처형이나 보복 행위에 의한 사망자가 대다수여서 내전의 종교전쟁적인 성격을 보여 준다. 내전의 이데올로기적인 성격으로 인해 망명자가 많았는데, 특히 지식인의 약 90%가 망명을 떠난 것으로 알려져 있고, 그 결과 종전 이후 스페인 문화계는 위축과 불모의 시대로 평가된다.

한편 프랑코 장군을 수장으로 하는 반란군의 승리는 출판물에 대한 검열 체계를 가져왔다. 궁극적으로 검열은 프랑코이즘을 선전하고 가톨릭과 미풍양속을 고수하며 퇴폐풍조에 맞서려는 것으로 특정 작품의 출판을 금지시켰는데, 더 심각한 것은 검열의 존재가 작가들의 자기 검열을 유도하여 상상력을 제한한 결과 소설의 빈곤이 심화되었다는 것이다. 설상가상으로 내전 종전 이후 4개월 만에 발발한 2차 세계대전으로 인해 스페인은 사회, 경제, 문화적인 고난기를 통과해야 했다. 그 결과 내전 직후에는 승리자를 찬양하고 그들의 이데올로기를 대변하는 작품들이 범람했지만, 예술적 관점에서 볼 때는 한심한 것들이 많았다. 2차 세계대전 종전 뒤에도 스페인의 시련은 끝나지 않았다. 1939년에 독일, 이탈리아, 일본과 더불어 방공협정(防共協定)에 참여하고, 1941년 소련이 침공했을 때 독일을 도와 소규모 파병을 했던 스페인에 대해, 1946년 2월 프랑스는 국경을 봉쇄하고, 같은 해 12월에는 UN에서 프랑코 장군 체제를 비난하고 그에 대한 외교적 고립 정책을 권장하여 로마 교황청과 스위스, 포르투갈을 제외한 외국 대사관들이 마드리드에서 철수했던 것이다. 이러한 고립과 형극은 1953년 9월 26일까지 지속되었다. 스페인 내에 군사기지를 설치하는 대가로 경제적, 군사적 원조를 약속한 미국과 '마드리드 협정'이 체결되기까지 말이다.

2 전율주의

전율주의는 '자연주의', '새로운 리얼리즘', '네오리얼리즘', '비참주의', '분뇨주의' 등의 용어들과 경쟁을 거쳐 생존한 용어이다. 1940년대 스페인 소설에 주로 적용되는 이 용어는 원래 시에 적용하기 위해 시인 안토니오 데 수비아우레가 1945년에 처음 사용했고 이후 라파엘 바스케스 사모라가 소설에 적용하였다. 모든 현상이란 진단에 선행하듯, 전율주의 미학을 대표하는 소설은 그보다 훨씬 이전에 출현했는데 그 작품이 『파스쿠알 두아르테 가족』(1942)이다.

"폭력과 잔인한 범죄, 역겹고 거친 에피소드, 존재의 어두운 부분을 강조하는 리얼리즘"이라고 정의할 수 있는 전율주의는 일부 평론가들에 의해 부패한 것, 역겨운 것, 냄새나는 인간 이하의 것, 혐오스럽고 저열한 것을 찬양하는 것으로, 또는 선을 배제하고 악의 문제만을 다룬 것으로 이해되어 비난받았지만, 그것은 내전 이후 스페인 대중의 감수성을 대변하는 것이라고 할 수 있다. 파괴된 산림과 피로 물든 강, 폭격과 시가전으로 폐허가 된 도시와 마을의 건물들보다 더 심각하게 황폐된 것이 사람들 마음이었기 때문이다. 그들에겐 이데올로기가 야기한 동족을 향한 미움이 있었고, 그 미움은 증오로, 사물에 대한 일그러진 표상으로 발전해 나갔는데, 이러한 현실을 반영한 것이 전율주의인 것이다.

전율주의라는 용어는 20세기에 나타난 것이지만, 그러한 요소들은 이미 스페인의 문학, 예술 전통에 면면이 드러나고 있었다. 스페인의 예술 작품은 중세 문학에서부터 셀라 직전의

98세대*에 이르기까지 전율주의로 점철돼 있다. 중세 문학 작품인 『코르바초』와 고야, 솔라나의 회화 작품, 바예잉클란이나 바로하 등의 소설에서도 전율주의 요소를 발견할 수 있다.

대부분 학자들은 스페인 현대 소설, 즉 내전 이후 스페인 소설의 주된 경향을 리얼리즘과 연관시키며 사실적이라고 평가한다. 연구자에 따라서는 소설에 나타난 내전 이후 리얼리즘적인 성향이 내전 이전 사회소설의 계보를 잇는 것이라고 주장하는 이들도 있으나, 내전으로 인해 이전의 비인간화된 예술, 비인간화된 문학 경향으로부터 현실에 눈을 돌렸다는 이들도 많다. 셀라 역시 전율주의를 "현실에 대한 잔혹한 캐리커처"라고 정의하면서 "전율주의는 삶이 전율적일 때만 존재한다."라고 했다. 이러한 맥락에서 전율주의도 리얼리즘의 일종으로 이해할 수 있지만, 분명 차이는 존재한다. 여러 가지 면에서 인간의 삶을 조명하려 한 것은 이 둘의 공통점이지만, 리얼리즘이 현실에 대한 균형을 유지하기 위해 노력하는 반면, 전율주의는 잔인하고 경악스러운 것에 대한 천착이 절대적인 비중을 차지한다. 그리고 독자들은 이렇게 끔찍한 상황과 사건, 인물들을 다루는 작품을 읽을 때 그 공포의 강도와 누적으로 인해 전율을 느끼는 것이다. 자연과학자가 자연법칙을 발견하는 경우처럼 문학자도 인간 생활의 필연성을 구현할 때 자기의 주관적 감정을 배제하고 냉엄한 객관성으로 작품을 제작해야 한다는 플로베르의 주장을 리얼리즘의 목표로 상정한다면, 확실

---

* 1898년 미국과의 전쟁으로 스페인은 푸에르토리코와 쿠바, 필리핀 등의 마지막 식민지를 잃게 되는데, 이때 무기력에 빠진 스페인의 국가적 위기의 본질을 규명하고 그 대처 방법에 대해 성찰했던 일군의 작가.

히 전율주의는 '과장'과 낭만주의적 성향으로 인해 리얼리즘이 추구하는 객관성에서는 벗어난 것이다.

『파스쿠알 두아르테 가족』이 출간된 1942년은 카뮈의 『이방인』이 출간된 해이기도 하다. '이방인'이 사회적 관습이나 전통적, 종교적 가치에서 멀어져 있고, 뫼르소가 살인 때 느꼈던 것처럼 자연으로부터조차 적으로서 쫓기는 철저한 추방의 세계에 서 있는 인간을 의미한다면, 파스쿠알 두아르테 역시 스페인 사회의 이방인이라고 할 수 있다. 다만 "사회는 어머니의 매장 때 눈물을 흘리는 사람들을 필요로 한다."라고 한 카뮈의 말을 기억한다면, 어머니 살해자인 파스쿠알 두아르테가 과연 실존주의 저 너머에 있는 전율주의 작품의 주인공이라는 사실이 납득된다.

3 『파스쿠알 두아르테 가족』

1) 작품의 출판과 검열

셀라는 스페인 내전 직후인 1940년 노동조합 사무실에서 일할 때 『파스쿠알 두아르테 가족』을 쓰기 시작했다. 원래 그는 1935년부터 발표한 초현실주의 풍의 시들을 모아 1936년에 첫 시집 『의심스러운 빛을 밟으며』의 출간을 준비하였으나, 이 작품은 9년 뒤인 1945년에나 출간된다. (이 점에서 "소설가는 실패한 시인"이라는 포크너의 말이 의미를 가질 수도 있다.) 1942년 12월 28일 스물여섯 살의 셀라는 부르고스에서 『파스쿠알 두아르테 가족』을 출판했는데, 그의 첫 소설인 이 작품은 스페인 사회에 파문을 던졌고 내용이 불량하다는 이유로 논쟁의 중심에 서게 되었다. 가톨릭교회는 이 작품을 "대다수에게 해가 되는 것"이나 "부도덕한 것"으로 평가했지만 문학적, 상업적으로는 대단한 성공을 거두었는데, 작품의 주제가 당시에 유행했던 팔랑헤주의자들의 문학적 주제와 다르고 또 전쟁의 직접적인 문제들과 거리를 두었다는 점 등이 성공 요인으로 꼽힌다. 재판(再版) 역시 같은 출판사에서 나왔는데 검열에 의해 금지되었지만, 경찰이 책을 회수하러 갔을 때는 이미 거의 모든 책들이 판매된 이후였을 정도였다. 이후 1944년에 로마에서 이탈리아어 번역본이 출간되었고, 1945년에는 아르헨티나의 부에노스아이레스에서 다시 스페인어로 출간되었지만 스페인에서는 1946년까지 출판이 금지되었다. 평자들은 이 작품을 스페인 전후 소설의 출발점으로 평가한다. 『파스쿠알 두아르테 가족』이 출현하기 전에 "좌초된 배처럼 움직이지 않던" 스페인 문학은 다시 전진하기 시작했고 파스쿠알 두아르테의 예가 신속히 확산되었다는 것이다.

셀라는 내전 당시 국민전선에 참여하여 새로운 국가 건설을 위해 싸웠고, 전후에는 검열관으로 검열 작업에 참여하기도 했지만 아이러니하게도 자기 자신의 작품 역시 검열의 그물을 통과하지 못했다. 『파스쿠알 두아르테 가족』과 함께 그의 대표작의 하나로 평가받는 『벌집』(1951) 역시 검열 문제로 인해 부에노스아이레스에서 출판되었던 것이다.

셀라가 "위대한 스페인 소설가"로 여기며 존경과 사랑을 보냈던 바로하에게 『파스쿠알 두아르테 가족』의 서문을 부탁했을 때, 바로하가 "거절하겠네. 만일 자네가 감옥에 가고 싶다면, 혼자 가게나. 그러기에는 젊지만 말이야. 난 자네의 책에 서문은 쓰지 않겠네."라며 그 제안을 거절했던 일화도 기억해 둘 만하다.

2) 구조

『파스쿠알 두아르테 가족』은 '발견된 원고'의 형태를 취하고 있다. 즉, 작품의 저자는 셀라가 아니며, 호아킨 바레라 로페스를 수신자로 한 파스쿠알 두아르테의 자서전적인 기록이 알멘드랄레호의 어느 약국에서 발견되었다는 것이다. 이는 이미 세르반테스의 『돈키호테』를 포함한 여러 작품에서 사용된 문학의 오랜 '기법' 중 하나로 작품의 객관성과 핍진성을 확보하기 위한 수단이다. 세르반테스는 『돈키호테』의 원저자가 시데 아메테 베넹헬리라는 아랍 역사가라고 너스레를 떨며 그저 자신은 그 원전을 아랍어로 번역한 스페인어본을 토대로 이야기를 진행시키는 사람이라고 소개한다. 『돈키호테』와 『파스쿠알 두아르테 가족』 모두는 원작에 대한 수정, 훼손의 혐의마저도 공유하고 있다. 『돈키호테』의 경우는 아랍어 원전을 스페인어로 번역한 뒤 다시 세르반테스가 이야기 형식으로 만든 것으로서, 모든 번역이 원전을 변형시킨다는 사실을 차치하고라도 분명 시데 아메테 베넹헬리의 원전과 세르반테스에 의해 소설화된 작품 사이에 간극은 존재하는 것이다. 『파스쿠알 두아르테 가족』 역시 '옮겨 쓴 이'에 의한 수정 과정을 겪은 작품이다.

지금부터 호기심 많은 독자에게 소개할 이 작품은 내가 쓴 것이 아니라 단지 필사만 한 것임을 처음부터 분명히 해 두고자 한다. 나는 획 하나도 고치거나 첨가하지 않았는데, 문체를 포함해 원본의 모든 것을 존중하고 싶었기 때문이다. 단지 지나치게 잔인한 몇몇 장면에서는 가위를 사용하여 단호한 조치를 취했다. 이러한 조치는 분명 독자들에게서 몇몇 세부 사항에 대해 알 권리를 빼앗는 것이지만 ── 모르는 게 약이기도 하다. ── 반면 역겨움 같은 것을 느끼지 않게 해 준다는 장점도 있다. 다시 말하지만, 이런 역겨운 부분은 손질을 하기보다는 잘라 없애 버리는 것이 더 낫다고 생각했다.

　　옮겨 쓴 이가 누구인지는 모른다. 셀라는 『파스쿠알 두아르테 가족』의 내용과 전혀 무관할 수도 있고, "단호한 조치"를 통해 일정 지분을 확보하고 있을 수도 있다. 하지만 분명한 것은 작품의 구성상 그는 『파스쿠알 두아르테 가족』의 작가로 등장하지 않는다는 것이다. 이렇게 『파스쿠알 두아르테 가족』의 작가는 셀라가 아니라 파스쿠알 두아르테 자신이라고 강변하고 있지만, 그 어떤 독자도 그러한 속임수에 넘어가지 않으며 셀라 자신도 독자들이 자신의 거짓말을 믿을 거라고 생각하지 않는다. 사실 이때 셀라가 독자에게 제안하는 것은 사실로서 작품을 읽어 달라는 것이 아니다. 바르트에 의하면 그는 '사실에 대한 효과'를 제안하는 것이다. 그 결과 소설은 절대로 핍진하지 않고 핍진성의 게임을 하는 것이 된다. 셀라는 이를 위해 파스쿠알의 기록 앞뒤로 공히 여섯 가지의 보조 자료(옮겨 쓴 이의 메모, 원고 발송을 알리는 편지, 돈 호아킨 바레라 로페스의 자필 유언장 항목, 옮겨 쓴 이의 또 다른 메모, 그리고 산티아고 루루에냐 사제와 세사레오 마르틴의 편지)를 덧붙여 놓았다.

『파스쿠알 두아르테 가족』은 사형선고를 당한 엑스트레마두라 출신 어느 농부의 도덕과 심리 드라마를 보여 주기 위해 내적 고백의 형식을 취하고 있다. 파스쿠알 두아르테는 감옥에서 사형 집행을 기다리며 자신이 그 모든 실수를 저지른 이유를 설명하려고 한다. 비록 때로 후회도 하지만, 그는 자신이 운명의 피해자임을 분명히 하려고 한다. 길을 잘못 들어선 걸 후회하는 파스쿠알이 쓴 편지는 피카레스크 소설*의 서문과 비슷한 기능을 하는 것이다. 셀라는 1931년에 건강 문제로 인해 요양하면서 독서를 많이 했는데, 이때 읽었던 작품 중 오르테가 이 가세트를 비롯해 도스토예프스키, 바로하 그리고 피카레스크 소설의 효시인 『라사리요 데 토르메스』를 특히 강조하고 있다. 그래서인지 『파스쿠알 두아르테 가족』은 피카레스크 소설의 요소들을 많이 차용하고 있다. 유년기에서 장년기까지를 아우르는 그 자서전적 형식을 포함해, 구체적인 수화자가 있고 여러 에피소드가 하나의 축에 종속되는 등의 요소는 피카레스크 소설의 고유한 구성 요소인 것이다. 또한 주인공 파스쿠알 두아르테는 그 반영웅적 태도와 비천한 혈통, 범죄성, 주변의 적대적인 세계와 악한 인물들에 대한 묘사를 통해 피카로의 전형적인 특성을 공유하고 있다. 세상을 사악하고 불의하며

---

* 악자(惡者)라는 의미의 '피카로'를 주인공으로 하는 소설 장르. 이 소설에서 떠돌이 무산자인 피카로는 자서전 형식을 통해 고난과 역경 앞에서의 생존, 특히 배고픔에 맞선 생존에 대해 주로 이야기한다.

타락한 것으로 묘사함으로써 자신의 결점과 부도덕한 행동을 변명하려는 태도 역시 피카레스크 소설과 『파스쿠알 두아르테 가족』에서 공히 발견되는 것이다.

3) 범죄심리학적 해석

파스쿠알 두아르테는 자신의 고백을 "선생님, 비록 그렇게 될 소지가 없진 않았지만, 나는 나쁜 놈은 아니올시다."로 시작함으로써 자신의 비참한 삶에 대한 해명을 시도하고 있다. 이는 이미 언급했던 피카레스크 소설의 요소와 연결돼 있는 것인데, 『파스쿠알 두아르테 가족』역시 주인공을 피해자로 몰고 가는 적대적인 요인들에 대해 기술하고 있다.

그러나 파스쿠알은 피카로보다 더 염세적이다. 그가 해명과 함께 행하고 있는 자기 인생과 운명에 대한 전망은 너무도 비극적이기 때문이다.

사면을 구하고 싶지 않습니다. 삶이 내게 가르쳐 준 것은 너무도 악했고 그런 본능에 저항하기에 나는 너무도 연약했기 때문이지요.

범죄심리학은 보통 범죄의 원인을 환경적 요인, 유전적 요인, 환경·유전적 요인, 자유의지 등 네 가지 정도로 요약하는데, 그중 가장 큰 비중을 차지하는 것이 환경적 요인과 유전적 요인이라고 할 수 있다. 파스쿠알 두아르테의 진술을 이와 연결시켜 보면, "삶이 내게 가르쳐 준 것은 너무도 악"했다는 것은 그의 행위에 있어서 환경적인 요인들을 의식한 것이고, 또 "그런 본능에 저항하기에 나는 너무도 연약"했다는 것은 유전적인 요인을 언급하고 있다.

모든 사람이 폭력적으로 행동하기 위한 학습 능력을 가지고 있다는 범죄심리학자들은 공격성을 일으키는 장기적인 요인들 중 가장 중요한 것은 어린 시절의 사회화라고 주장한다.

> 사회화를 통해 어린이들은 공격 행동에 대한 가치관, 규범, 태도, 신념, 그리고 기대들을 획득한다. 이러한 장기적 규범은 부모, 동료, 그리고 선생님들의 선택적인 강화와 이들이 보여주는 본보기에 의해 획득된다.*

이와 관련해 여러 학자들은 부모의 양육 방법과 아이들의 공격 행동 간의 관계를 검증했는데 이 연구에서 얻어진 중요한 결과는 부모가 아동에게 가한 신체적 처벌과 아동의 공격성 간에는 정적인 상관이 있다는 것이다. 그리고 그 이유는 대부분의 자녀들은 부모의 행동 그 자체를 따라하는 경향이 있기 때문이라고 한다. 따라서 파스쿠알 두아르테의 아버지가 별다른 이유 없이 성질이 나면 파스쿠알과 어머니를 구타했다는 사실은 매우 시사적이다. 더욱이 그의 어머니 역시 이러한 때에 아버지를 맞받아 때렸던 것이다. 그의 아버지는 난산 후 힘들어하는 아내에게까지 혁대를 휘두르는 지극히 폭력적인 사람이었고, 어머니 역시 거칠고 폭력적이며 술을 좋아하는 무지

* Goldstein, Jeffrey H., 『범죄 행동은 환경적인가』(홍성열, 임영식 역, 1995), 44쪽.

한 사람이기에 이러한 사실을 통해 파스쿠알 두아르테의 유년 기가 부모에 의한 폭력으로 점철되었으리라는 것을 감지할 수 있다. 그리고 이러한 경험을 통해 파스쿠알 두아르테의 폭력에 대한 선호도가 증가하고 부지중에 이를 학습하게 되었음을 예상할 수 있는 것이다.

범죄행위에서 유전적 요인을 말하는 이들은 범죄자가 환경적 조건에 대한 반응으로 도둑질, 강간, 살인을 선호하도록 프로그램되어 있을 수 있다고 주장한다. 위에서 파스쿠알이 언급한 "저항할 수 없는 본능"은 이러한 유전적 요인을 암시한다. 그리고 그의 부모나 여동생의 범죄 또는 유사 범죄행위를 볼 때 파스쿠알 두아르테의 범죄행위의 원인이 유전적 요인이라는 주장은 설득력을 갖는다. 그러므로 이때 파스쿠알은 작품에서처럼 절망할 수밖에 없는 것이다. 여기서 저자는 인물의 무고함을 주장하는 동시에 범죄에 대한 원인과 책임을 가족이라는 환경에 돌리려는 의도를 분명히 한다고 볼 수 있다. 그래서 작품의 제목도 『파스쿠알 두아르테』가 아닌 『파스쿠알 두아르테 가족』인 것이다. 사제의 편지에서 파스쿠알 두아르테가 "인생에 놀라 궁지에 몰린 온순한 양"으로 표현돼 있는 것도 이와 같은 맥락이다.

4) 사회비판

어떤 의미에서 파스쿠알 두아르테의 수기(手記)는 범죄 고백록이다. 그는 술을 마시다가 시비가 붙어 동네 친구 사카리아스를 칼로 찔러 상해를 입히고, 아내의 정부였던 파코를 죽이고, 급기야는 어머니를 살해하기에 이른다. 그리고 매우 우회적으로 표현되어 있으나 마을의 지주였던 돈 헤수스 곤살레스 델 라 리바 백작을 살해한다. 기이한 것은 그가 명백하게 행한 범죄행위들 중 사카리아스를 칼로 찌른 것에 대해서는 아무런 처벌도 받지 않았다는 것이다. 사카리아스에게 상해를 가한 행위와 아내 롤라가 유산한 원인이 된 말을 20여 차례나 칼로 찔러 죽이는 행위가 같은 날 일어났음에도 그 후 1년 동안 파스쿠알 두아르테는 (수감되지 않고) 자유롭게(?) 방황한다. 세 차례나 사람을 찔렀다는 것은 살해 의도가 충분히 있었던 행위였음에도 주인공은 아무런 처벌도 받지 않은 것이다. 그가 수감되는 것은 아내의 정부였던 파코를 죽였을 때인데 이 경우에는 28년을 선고받고도 3년 만에 출감된다. 파스쿠알 두아르테가 모범수였기 때문에 이렇게 형량이 감소된 것인데, 그는 만일 그렇지 않다고 해도, 즉 다른 죄수들처럼 대충 행동했어도 그 28년의 형량은 14~16년으로 줄었을 것이라고 말한다.

　만일 거의 대부분의 사람들처럼 대충대충 행동했더라면, 그 28년은 14년이나 16년으로 줄었을 테고, 내가 풀려났을 때 즈음에는 어머니는 자연스럽게 죽었을 겁니다.

그러나 파스쿠알 두아르테는 오히려 빠른 출감으로 인해 자기가 "세상의 모든 사악함 앞에 무방비 상태로 방치"되었다고 말한다. 그리고 그것이 자신을 영원히 매장시키는 것이었다고 증언한다.

그들은 그렇게 내게 호의를 베푼다고 믿으면서, 나를 영원한 수렁으로 밀어 넣었지요.

아무튼 출감한 파스쿠알 두아르테는 또 다른 살인을 저지르게 되는데 이것이 바로 모친 살해였다. 1922년에 일어난 이 사건으로 그는 1935년 또는 1936년까지 수감된다. 그가 저지른 범죄행위들 중 가장 심각하고 중벌을 받아야 할 모친 살해로 그는 13~14년만 수감된 것이다. 더군다나 그는 재범이었는데도 말이다. 결국 주인공이 사형을 당하는 직접적인 원인은 백작 살해였다.

이러한 줄거리를 꼼꼼히 살펴보면 『파스쿠알 두아르테 가족』에 내재해 있는 스페인 사회에 대한 비판의 목소리를 발견할 수 있다. 그것은 사람(사카리아스)에 대한 가해가 처벌받지 않는 사회, 살인범의 형량을 크게 감면해 주고 더군다나 모친 살해의 경우도 중대하게 다루어지지 않는, 범죄에 대해 지나치게 관대한 사회에 대한 비판이다. 이러한 스페인 사회의 감옥은 범죄자에게 안락함을 제공해 준다. 파스쿠알 두아르테에게는 자신의 자서전적 이야기를 쓸 수 있도록 펜과 종이가 제공되었고 시간도 넉넉하였으며 또 사제는 그의 영혼을 돌보아 주기까지 했던 것이다. 그러나 결국 사제는 파스쿠알 두아르테를 변화시키는 것에 실패하였고(범죄의 원인이 사회에 있고 파스쿠알이라는 개인에게 있지 않은 것이기에 실패할 수밖에 없다.) 주인공은 백작 살해를 감행하게 되는 것이다. 파스쿠알은 구성원들을 범죄행위로 내몰고 또 그런 범죄행위에 대해서 관대한 스

페인 사회의 현실이 자신을 영원한 파멸에 이끌었다고 믿는
다. 결국 파스쿠알은 가정의 희생자일 뿐 아니라, 교양 없고
원시적인 스페인 사회의 희생자이기도 한 것이다. 내전 직후
발표된『파스쿠알 두아르테 가족』이 스페인에서 놀라운 반응
을 일으킬 수 있었던 이유 중 하나는, 아무것도 책임질 것이
없는 전쟁의 희생자로서 스페인 독자들이 느끼는 무기력함과
억울함, 그리고 거기에서 비롯한 염세주의를 이 작품이 대변
하고 있기 때문인지도 모른다.

5) 정치적 의도

『파스쿠알 두아르테 가족』이 발표된 것은 내전 이후 반란
군에 의해 새로운 정부가 구성된 1942년이었지만, 작품의 내
용은 19세기 말부터 1937년까지의 시간을 담고 있다. 파스쿠
알의 생애에 해당하는 이 긴 시간 동안 벌어졌던 가장 큰 미
스터리는 모친 살해로 1922년에 수감된 그가 내전 발발 직후
돈 헤수스 곤살레스 델 라 리바 백작을 살해한 것이다. 옮겨
쓴 이도 이 부분에 대해서는 파스쿠알 두아르테가 백작을 살
해했다는 사실만 알 뿐 그 동기는 알지 못한다고 기술했다.

백작이 부르주아와 교회의 이익을 대변하는 존재라면, 아마
도 파스쿠알은 내전 발발 직후 시민군에 의해 마을의 백작을
죽이도록 석방되었을 것이라는 주장이 설득력을 얻는다. (내전
은 1936년 7월 18일에 발발했는데, 기록에 의하면 토레메히아는 8월
10일에 공화파 군대에 의해 점령되었다.) 파스쿠알은 결국 백작을
죽인 죄로 사형되는데, 그가 진심으로 후회하는 것도 바로 이

마지막 범죄이다. 파스쿠알이 죽이러 갔을 때 "가엾은 파스쿠알."이라고 했던 백작의 마지막 말과 미소는 파스쿠알에 대한 그의 우월성을 보여 준다. 이러한 윤리적 우월은 파스쿠알의 최후를 진술한 신부의 편지에서도 발견된다. 치안대인 세사레오 마르틴의 편지는 파스쿠알의 최후를 추악한 것으로 기술함으로써 이러한 우월성을 우회적으로 표현한다. 결국 부르주아는 시민군(파스쿠알 두아르테)을 두려워하지 않고, 교회는 교화 능력의 부족을 받아들이지 않으며, 치안대는 그의 용기를 인정하지 않는 것이다. 그리고 소설의 중심 줄거리 밖에 존재하는 이러한 인물들이 부르주아, 교회, 군대라는 프랑코 체제의 삼각축인 것은 우연이라 할 수 없다.

파스쿠알이 진심으로 뉘우치는 단 하나의 범죄행위는 스페인의 새로운 파시즘 체제를 대변하는 백작을 살해한 사건이다. 그리고 이 새로운 체제의 대변자인 부르주아, 교회, 치안대가 모두 파스쿠알에 대해서 우월하게 표현되었다는 사실과 파스쿠알을 비극으로 내몬 사회 상황이 내전 이후의 새로운 스페인이 아니고 내전 이전의 혼돈스럽고 무질서한 사회였다는 사실은 파시즘 편에 섰던 셀라의 정치적 태도와 제대로 맞물린다.

파스쿠알이 어머니를 살해하고 친치야 감옥에 수감된 것이 1922년이었고 그가 내전 초기에 감옥을 나온 것이 1936년이었다. 1922년의 스페인은 군주제였다가 1923년부터 1930년까지는 프리모 데 리베라 장군의 독재 시대였고, 그리고 1931년에는 다시 공화정이 선포되었다. 결국 파시즘 이전 스페인의 정치체제는 파스쿠알을 갱생시키지 못한 꼴이 된다. 그러한 사회는 아무런 정치적 성향도 가지고 있지 않던 파스쿠알의 비극적 종말에 대해 책임져야 하고 또 그로 인해 작품에서 비판받는 것이다. 이 작품은 만일 사회와 환경이 달랐더라면 파스쿠알의 삶은 달라졌을 수도 있었음을 암시한다. 파스쿠알(Pascual)이라는 이름이 사회의 희생자이며 유순한 양으로서 희생의 제물이 되는 '부활절의 어린 양(cordero pascual)'으로 해석될 수 있는 것도 이와 같은 맥락이다.

『파스쿠알 두아르테 가족』에 정치성이 없다거나, 친(親)프랑코적인 작가의 정치적 입장이 반영되지 않았다는 것은 사실이 아니다. 셀라는 그 삶에 있어서도, 또 『파스쿠알 두아르테 가족』이라는 소설에 있어서도 친프랑코적이며 새로운 정치체제에 순응했던 작가였던 것이다. 이런 작품의 출판이 검열에 의해 저지된 것은 일종의 아이러니이다.

셀라의 대표작 중 하나인 『파스쿠알 두아르테 가족』은 출판 당시에 단 하나의 상도 받지 못했다. 셀라는 "1943년에 『파스쿠알 두아르테 가족』을 호세 안토니오 프리모 데 리베라 국가 문학상에 응모했는데 개봉도 되지 않은 채 돌려받았다."라고 말한 적이 있다. 그러나 훗날 그에게는 몇 개의 상이 주어졌다. 그리고 그중에 1989년 노벨문학상이 있었다.

2009년 가을
정동섭

작가 연보

1916년   5월 11일 스페인 라코루냐(갈리시아)의 이리아 플라
비아에서 출생. 친가는 스페인 갈리시아 출신이지
만, 외조부는 영국인이고 외조모는 이탈리아인.

1925년   가족이 마드리드로 이주.

1931년   과다라마의 결핵 요양소에 입원하여 오르테가 이
가셋을 비롯한 많은 스페인 고전들을 접함.

1934년   성 이시드로 고등학교를 마치고 의과대학에 입학했
으나 곧 중도 포기함. 대학 생활 중 인문대에서 페
드로 살리나스의 현대 스페인 문학 강의를 청강하
며 작가이자 문헌학자인 알론소 사모라 비센테와
친구가 됨. 또한 미겔 에르난데스와 마리아 삼브라
노, 막스 아웁 등 작가, 지식인들과도 교류. 이때 처
음으로 시를 쓰기 시작.

1936년   내전 발발 당시 반란군(국민전선)에 입대.

1938년	부상을 입고 입원.
1940년	법대에 등록하고 3학기를 마침.
	섬유 노동조합 사무실에서 일하며 『파스쿠알 두아르테 가족』 원고를 집필하기 시작.
1942년	12월 7일 『파스쿠알 두아르테 가족』 출판. 이 작품의 성공으로 여러 신문과 잡지에 필진으로 활동.
1943년	『요양소』 출판.
	프랑코 체제하의 내무부 경찰 정보부에서 검열관으로 일함(1943년~1944년).
1944년	3월 12일 마리아 로사리오 콘데 피카베아와 결혼.
	『라사리요 데 토르메스의 새로운 모험과 불행들』 출판.
1946년	아들 카밀로 호세 출생.
1948년	『알카리아 여행』 출판.
1951년	아르헨티나에서 『벌집』 출판. 이 작품의 스페인 출판은 금지됨.
1952년	칠레와 아르헨티나를 여행하고 이후 다른 중남미 국가들도 여행.
1953년	『카티라』 집필을 위한 자료 수집 차 베네수엘라 방문. 가톨릭 여제 이사벨 훈장에 서훈.
1954년	팔마데마요르카로 이주.(이후 1989년까지 거주.)
1955년	『카티라』 출판.
1956년	카바예로 보날드와 함께 문학지 《파펠레스 데 손 아르마단스》(1956년~1979년) 창간.
1957년	스페인 왕립 학술원 회원으로 가입.

1964년	미국의 시라큐스 대학에서 명예박사 학위 수여.
1965년	'라 카사 데 라스 아메리카스'의 심사위원 자격으로 쿠바 방문.
1969년	『1936년 성 카밀로』 출판.
1973년	『어둠의 작업 5』 출판.
1975년	리카르도 프랑코 감독이 영화 「파스쿠알 두아르테」 제작, 상영.
1977년	민주주의 이양을 위한 초대 상원의원으로 국왕에 의해 지명돼 헌법 개정에 참여.
1980년	가톨릭 여제 대십자가상에 서훈.
1982년	갈리시아 왕립 학술원의 명예 회원. 마리오 카무스 감독이 영화 「벌집」 제작, 상영.
1984년	『두 명의 사자(死者)를 위한 마주르카』로 국가 문학상 수상.
1987년	아스투리아 왕자 문학상 수상.
1989년	노벨 문학상 수상.
1991년	마리나 카스타뇨와 재혼. 팔마데마요르카를 떠나 과달라하라 근교에 정착.(로사리오 콘데와는 1980년대 말에 이혼.)
1994년	『성 안드레스의 십자가』로 플라네타 상 수상.
1995년	세르반테스 상 수상.
1996년	스페인 국왕 후안 카를로스 1세가 이리아 플라비아 후작 작위 하사.
2002년	1월 17일 마드리드에서 사망.

세계문학전집 **224**

파스쿠알 두아르테 가족

1판 1쇄 펴냄 2009년 10월 5일
1판 15쇄 펴냄 2022년 8월 8일

지은이 카밀로 호세 셀라
옮긴이 정동섭
발행인 박근섭, 박상준
펴낸곳 (주)민음사

출판등록 1966. 5. 19. (제 16-490호)
서울특별시 강남구 도산대로1길 62(신사동) 강남출판문화센터 5층 (우편번호 06027)
대표전화 02-515-2000 팩시밀리 02-515-2007
www.minumsa.com

한국어 판 © (주)민음사, 2009, 2018. Printed in Seoul, Korea

ISBN 978-89-374-6224-5 04800
ISBN 978-89-374-6000-5 (세트)

세계문학전집 목록

세계문학전집은 계속 간행됩니다.